曼殊文集 第五辑
——卢卫平／主编

点点灯火

林小兵 著

中国书籍出版社
China Book Press

图书在版编目（CIP）数据

点点灯火 / 林小兵著. -- 北京：中国书籍出版社，2024.3

（曼殊文集. 第五辑；2）

ISBN 978-7-5068-9814-0

Ⅰ.①点… Ⅱ.①林… Ⅲ.①散文集-中国-当代 Ⅳ.①I267

中国国家版本馆 CIP 数据核字（2024）第 057183 号

点点灯火

林小兵　著

图书策划	许甜甜　成晓春
责任编辑	杨铠瑞
装帧设计	书香力扬
责任印制	孙马飞　马　芝
出版发行	中国书籍出版社
地　　址	北京市丰台区三路居路 97 号（邮编：100073）
电　　话	（010）52257143（总编室）　（010）52257140（发行部）
电子邮箱	eo@chinabp.com.cn
经　　销	全国新华书店
印　　刷	四川科德彩色数码科技有限公司
开　　本	880 毫米×1230 毫米　1/32
字　　数	162 千字
印　　张	7.25
版　　次	2024 年 3 月第 1 版
印　　次	2024 年 3 月第 1 次印刷
书　　号	ISBN 978-7-5068-9814-0
总 定 价	288.00 元（全 5 册）

版权所有　翻印必究

总　序

耿　立

　　曼殊文集第五辑就要出版了，这是珠海市作家协会评选的"苏曼殊文学奖"获奖作品丛书。这是一辑散文的集合，是珠海文字和生活的活色生香，它集中展示了珠海市近几年散文创作的基本样貌。

　　苏曼殊是广东近代文学的标志，也是珠海文学的精神养料，以苏曼殊为名字的文学奖，在珠海举办了多届，这些获奖作品，以曼殊文集的形式出版，届届积累，届届层叠，如一块块的砖瓦，薪火相传，建构着珠海的文学的大厦。珠海是一个诗意的城市，青春浪漫，而这些符号的底座，文学是最不可缺少的元素。

　　珠海是移民城市，不同地域、不同文化的人集聚在这片土地上，他们用文字记录脚下的生活，参与珠海的文化创造，他们其中的笔触，也常常有着悠远的故乡之思，做一些纸上的还乡之旅。比如许理存的《望乡》。童年的经历，如刀刻在他记忆的深处,那些民俗、那些乡间匠人,那些乡土的故事和人物,虽然他离开了故乡,但那个时代艰难而又快乐的农村生活,在他记忆里并没有拆除,所有梦醒时分的惆怅与回忆,都催促他用文字留住曾经过去和渐渐消失的农耕文明,给后人一个文字的路标。许理存生活在特区,他的回望在文字里,他的故乡也在文字里。

故乡不单单指物理的空间,精神的原乡,既是那个念念不忘的故乡,也指那些参与个人成长,塑造精神价值和审美取向的历史人物、文化典籍或者特定的精神瞬间。石岱的《叫不醒的世界》,这本书就是记录了他对精神原乡的美好追忆、对历史风云的深刻体会、对人生的一些独特感悟与思考,以及对爱和自由美好生活的向往与追寻。他笔下的孔子、庄子、司马迁,还有那些荆轲们,这参与我们民族精神塑造的人物,他们就是一些人的精神的原乡。

林小兵的《点点灯火》,是作为一个移民管理警察守卫国门的家国情怀的记录与思考,他记录工作和生活当中的见闻、经历和感悟,弘扬"真、善、美"的主旋律,我们从一篇篇滚烫的文字里能触摸到作者浓浓的家国情怀。再他是一个马拉松运动的爱好者,我们可以从他的文字里看出他生活的足迹,看出执着的力量,执着是信仰,执着也是能更好地认识自己、实现自己的支撑。

九月的《归墟》是散文随笔的合集,无论写人写事,还是观影笔记,她都用自己敏感的心灵透视笔下所写,无论长篇还是短制,无论读书还是游历,我们都可看出她的广博与阔大。

赵丹的散文集《归途》，是她近十年的成长历程与思考感悟。"走出荒原"是对生活的感悟与个人成长历程的记录，将走出荒原那始终如一的信念和勇气表现得淋漓尽致。"桃花源里"是对文化的思考与探索，正如"桃花源"一样，寓意作者心中保持文学初心的一处净土。"悠悠唐崖"是对童年及故乡的追忆，是对先辈口口相传的土家往事的传承，是对民族文化基因的探寻与思索，并配有唐崖土司城的相关照片，这在读图的时代，给人以有别于文字的别样体会。

一个时代有一个时代的文学，一个城市也有一个城市的文学，对文学的体裁来说，散文是最有烟火气、最接地气的文体。这五位作者的散文，最可贵的是体现了散文创作的基本伦理，那就是一个字：真。真是散文的第一规定、第一伦理，真相，真理，真实在场。

散文还强调自由，这是从散文的精神来说，从散文的质地来说，从散文的文体来说。散文没有既定的文体规范，散文的文体是敞开的，这样的无边的自由是十分考验散文写作者功力的。但散文又是同质化最严重的文体，很多人都沉浸在亲情、乡愁、风景、小花小草的书写中，很多人偷懒，就会陷入一种书写的惰性模式里，散文给人自由，有的人却逃避散文的自由，很多人依靠着一种模式，在这种模式里安逸地书写，这是散文创作应该警惕的。

所喜的是，在五个作者的文字里，我们看到他们避免了当下散文创作的一些弊病，他们都有着自己鲜明的个人面目，有着自己独特的声音。大家都在自己的园地里精耕细作，散文家最像一个农夫，戴着斗笠，赶着耕牛，无论刮风下雨，无论雨雪风霜，热也好，冷也好，专注着脚下的土地，这样的收成，是最有成色的，因为每个文字，就像一粒粒的粮食，都有着汗水的反光。

散文是一个敞开的文体，祝福五位作者的文字，都有明媚的未来。

（耿立，广东省散文创作委员会副主任、珠海市作家协会副主席。）

大湾里的灯火

刘鹏凯

应该有好多年了,我和文学几乎渐行渐远,疏离不亲,佯装不详,始终保持着一段距离。我想:生活可以没有文学,但文学万万不能没有生活。

因为《湾韵》副刊的创立,我又和文学亲密无间了,这个虚头巴脑让人又爱又恨的家伙,去年三月却以春风的沉醉,开始温柔我对文学支离的梦乡。既然有梦,那就接着做吧,无论好坏,做总比不做好一些。

三月的风一吹,四月就飘来了雨。

在这样美好的季节,让我认识了清爽干练的林小兵,因为他喜欢跑马拉松,并且坚持多年,这样一来,林小兵的四肢看起来没有一点多余的肉,不像我,到处都长着闲肉。之前,小兵通过微信发给我一篇散文,我瞄了一眼,凭着多年对语言的追求,我瞬间觉得那篇散文的语感不错,隔了几天,他的那篇散文"出街"了。后来据他所说,反响不错,给了他莫大的鼓舞和信心。因为我是一个业余作者,所以我更了解业余作者的酸甜苦辣咸。倘若没有这些花花草草,哪里来的文学大花园?当年,苏童就是背着装满小说和诗歌的书包,到处给编辑部送稿。我相信,语言让苏童成为当代作家的佼佼者,而不是故事。

再后来,我相继编发了小兵的散文《父亲的单车背》《故乡的木麻黄》……这些篇什无不透露出小兵文字的内敛和张扬、干净和素朴、沉静和控制,这样的语言是构成一篇好散文的基础。

我一直认为:好的语言就是好的文学,如果没有好的语言,即使写得多么天花乱坠也无济于事。

我经常跟初学写作者交流:散文语言不要太实,太实就成了非虚构。散文语言一定要有跳跃性,要柔韧抑或柔软,要传递美好的情感,才会和读者产生共鸣。

一个有追求的作家,一定要从训练好的语言开始。发表固然重要,但不能仅仅为了发表而写作。

当代散文名家众多,我就特别喜欢汪曾祺独树一帜的散文语言。

譬如汪曾祺写《晚饭后的故事》:京剧导演郭庆春就着一碟猪耳朵喝了二两酒,咬着一条顶花带刺的黄瓜吃了半斤过了凉水的麻酱面,叼着前门烟,捏了一把芭蕉扇,坐在阳台上的竹躺椅上乘凉。他脱了个光脊梁,露出半身白肉。天渐渐黑下来了。楼下的马缨花散发着一阵一阵的清香。衡水老白干的饮后回甘和马缨花的香味,使得郭导演有点醺醺然了。再譬如汪曾祺写《夏天》:栀子花粗粗大大,又香得掸都掸不开,于是为文雅人不取,以为品格不高。栀子花说:"去你的,我就是要这样香,香得痛痛快快,你们管得着吗!"就是汪老借栀子花爆的这一句粗口,也爆得理所当然,荡气回肠。

沈从文在西南联大给汪曾祺他们上课的时候,反复强调"要贴着人物写"。我们可以从沈从文的小说和散文看得出来,沈从文那种细致,还有他的坚持是值得所有后来者提倡和学习的。沈老的这句话不管什么时候看,什么时候都是真理,绝对没有半点虚假。

我一直固执地觉得,散文的语言就应该是这个样子的,不要拿腔捏调,不要装腔作势,不要盛气凌人,也不要恃才傲物,最好不要老想着去教化别人。看到了就会想到,想到了自然也会悟到,悟到了当然就是完美的人生了!

林小兵已经具备了这种对文字的悟性。

随着年纪越来越大,我现在几乎不怎么看当代小说,现在有些小说如同空中楼阁,闭门造车,那些昙花一现的故事根本就不是我身边的人和事。因此,大多时候我喜欢看一些散文和随笔。

小兵的散文集《点点灯火》即将出版，愿他的文字就像大湾里的灯火一样，永远闪耀着光芒，既照亮自己，也照亮别人。

2023 年 5 月 26 日于珠海

（刘鹏凯，安徽人，1968 年 7 月生。著有中短篇小说集《白太阳》，散文集《心灵的边缘》《左边狐狸右边葡萄》，诗集《愤怒的蝴蝶》等。作品散见于《中华散文》《天津文学》《安徽文学》《山西文学》《广州文艺》《雨花》《作品》《滇池》《星星》《草堂》《诗歌月刊》《绿风》等文学期刊。）

目 录
CONTENTS

第一辑 洞见

木棉花开 / 2

微 光 / 6

道 路 / 10

大山里种出新希望 / 14

行走在白云生处 / 21

"清白"的老许 / 25

最后一次敬礼 / 29

笑容，绽放在最好的年代 / 33

拱关雨夜 / 36

这儿也是国门 / 39

横琴口岸的变迁 / 42

濠江边的那株芦苇 / 46

茂生围的守望 / 50

关闸口遐思 / 53

丰碑永不褪色 / 56

这份热爱，跨越万里山河 / 59

愿得此身长报国 / 62

信仰永恒 / 66

故乡吴川 / 69

珠海四时寻芳 / 73

第二辑　时光

在放牛的日子里 / 78

宝镜湾寻"宝" / 83

点点灯火 / 87

节　点 / 91

那年十八 / 95

仲夏忆祖父 / 99

在写作中奔跑 / 102

父亲的单车背 / 105

和童年和解 / 108

番薯记忆 / 113

从一张照片中追忆似水年华 / 117

最后一次海难 / 121

过　年 / 125

这样的日子 / 128

光阴的故事 / 131
不负一季花期 / 135
我、超炜与足球 / 137
父亲的剧本 / 141
一路向西 / 145
二十年如风 / 148

第三辑　慢板

天安门前留个影 / 152
千秋大业一壶茶 / 156
一切皆有可能 / 159
这一年 / 161
心中有梦想，脚下有力量 / 164
无远弗届 / 167
"菜农"老李 / 169
故乡的木麻黄 / 173
当鲍俊遇上林召棠 / 176
听一朵花开 / 180
辛丑春节札记 / 183
诗歌的投影 / 189
在路上 / 193
平芜尽处是春山 / 198

闲来无事勤读书 / 201

我与"国门" / 204

印象扬州 / 207

桑葚熟了 / 211

后　记 / 214

第一辑

洞见

- 木棉花开
- 微光
- 道路
- 大山里种出新希望
- 行走在白云生处

木棉花开

透过房间那厚厚的落地玻璃，孙晓霞又一次看到了酒店东北角那棵高高的木棉树。午后的阳光下，木棉树的枝丫上挂满了红花，那硕大的花朵就像燃点的火苗在枝头跳跃着，花朵星星点点、红红艳艳地缀满整个树冠，乍一看像极了一位身披红色战袍胜利归来的将军。

这是孙晓霞在隔离酒店居住的第五天了。后天，她将离开这个地方，返回到自己家里进行居家观察。在和家人分开整整两个星期后，她终于很快又能和他们见面了！尤其让孙晓霞感到庆幸的是，今年，她终于可以陪着家里那对双胞胎女儿一起过生日了。

春节后不久，孙晓霞和另一名同事就进入了高风险岗位。在高栏边检站，高风险岗位执勤模式，意味着首先要完成一个星期的闭环执勤，随后要被送到隔离酒店再隔离一周后才能回家。在此期间，民警执勤时只能过着"集中隔离点——码头执勤点"这"两点一线"的生活。刚刚过去的2021年，高栏港疫情防控形势持续严峻,全年一共有超过六万名船员以及四千艘次船舶从这里出入境。

为防止可能存在的疫情感染,高风险岗位民警必须严格落实疫情防控相关要求,规范穿戴防护用具。秋冬季节还好,若遇上高温天气,民警穿着那厚重的防护服真是酷热难耐。一个班次下来,很多人全身上下都会湿个透。有一次,孙晓霞在家把自己执勤时的照片给女儿看时,还被她们戏称为"大白"。

想起女儿,孙晓霞禁不住柔肠百转。这些年,自己亏欠她们的实在太多了。

八年前调到高栏边检站后,孙晓霞因工作成绩突出,逐渐由一名普通检查员成长为执勤队的教导员。因为工作忙,平时这对双胞胎宝贝更多地只能交由同是移民管理警察的爱人去带,个中的甘苦他们两口子感受最为深刻。就在去年,两个女儿过生日的时候,孙晓霞却只能在上班的时候抽空打个电话,在电话里祝她们生日快乐。

孙晓霞清楚地记得,十二年前她刚生小孩的时候,也正是木棉花开的季节。说来也巧,孙晓霞与木棉花的缘分从她刚来珠海时就结下了。

那年夏秋之交,孙晓霞大学毕业后,从遥远的辽宁大连老家南下到达珠海,光荣地成为珠海边检总站的一员。在她工作的口岸旁有一条种满木棉树的主干道,满目葱茏里,一棵棵高大的木棉挺直脊背,规律齐整地站立在道路的两旁。那是她这辈子第一次看见这种树,听同事讲,春天来临的时候,木棉花开得可漂亮了。

怀着期待的心情很快就到了翌年早春。那是北京奥运会召开的年份，尽管工作任务很重，但孙晓霞还是抽空和同事一块儿去看了木棉花。她至今还记得，当见到那一树树盛开的木棉花时的那种惊艳。

那是怎样的一番美景啊！放眼望去，尚未发芽的枝丫如同刚猛的剑戟，那丛丛簇簇的花朵争先恐后地冒出了头，挤压在一起就像一团团红色火焰，似乎要燃烧整片天空。走近一看，雨后初晴的木棉花，缀满了晶莹剔透的雨滴，在阳光下闪烁着耀眼的金红色，折射出来的光芒透过花蕊漂染出丝丝淡淡的火红，斑斓而靓丽。

伫立在木棉树下，孙晓霞用手抚摸着粗糙的树干，细细地感受着这场木棉盛宴，骤然间，便有一种如释重负的轻松感，一种豁然开朗的舒畅感，沁人心脾，直扑五脏六腑……那天，她还特意穿着挺拔的警察春秋常服，和木棉花留下了美丽的合影。

自那以后，孙晓霞经常都会看到木棉花。在珠海的每一处道路旁、公园里，甚至在自己居住的小区，都能看到木棉花的身影。中文系毕业的她，对周遭的美好始终保持着一颗敏锐的心。特别是女儿出生之后，每到木棉花盛开的早春三月，孙晓霞和爱人都会带上这两个宝贝去踏青。徜徉在高大的木棉树下，他们一路看，一路讲着木棉花的故事，一路聆听那一朵朵花朵坠地的声音，那简直是春天翩然而至的美妙足音。

2014年3月，也是在木棉花开的时节，孙晓霞轮岗交流到了高栏边检站工作。环岛一圈,她发现这里并没有她熟悉的木棉。目之所及,尽是港口码头无比繁忙的作业场景。疫情暴发这两年来,外防输入、内防反弹的工作压力巨大,孙晓霞先后多次参与涉疫船舶和船员入境突发事件的处置,圆满地完成了相关工作任务。这个外表娇弱、皮肤白皙的女子在工作当中所迸发出的巨大能量,每每让同事们交口夸赞。特别是高风险岗位执勤模式开启后,让身为教导员的孙晓霞经常身先士卒,冲锋在战疫的最前线,她显得更加忙碌了。

在这个明媚的春日午后,当孙晓霞再次注视到酒店外那株渐次开放的木棉时,藏在她心底深处的那份柔情被再度唤起。她在想,等这次居家观察完成后,一定要带上女儿再去市区那条开满木棉花的路上走一趟,实地再体验一次木棉花开得最灿烂的盛景。这别名"英雄"的树和花,充满着热情,亦充满着希望!

2022 年 3 月 6 日

微 光

桂西北的夜风卷着群山间的落叶，雾蒙蒙的山巅充斥着原野的味道，古老而威严。北风萧瑟，树影婆娑。这是张宏振对今夜三江的真实感受。

此时，刚送完下午留下来补课的学生回家，白毛小学空荡的教室，冷清的宿舍，耳畔不时传来风吹落叶的声音，饥饿感突然袭来，张宏振抬头望向操场的一隅，那盏刚竖立起来没多久的太阳能路灯发出的光，将周边的一切照得甚是敞亮。

43岁的张宏振来自山东蓬莱，是一名移民管理警察。警察、老师，这两个截然不同的身份，同时出现在他的身上却并不违和。毕业于烟台大学并通过英语专业八级的他，教小学英语在外人眼中简直可以用"牛刀小试"来形容，但他并不这样认为。

回想起去年刚接到支教任务的时候，自己既兴奋又不安。兴奋的是，终于有机会实现一直以来的梦想，到艰苦地区当一名支教老师，为山区的小朋友尽一份心，出一份力；不安的是，自己以前从未接触过教学任务，虽然渴望站在讲台上，与学生们进行知识交流，但自己真的能行吗？

怀揣着矛盾的心情，张宏振告别家人和同事，从胶东半岛跨越数千里，踏上了八桂大地，正式开始三江支教的生活。

道有夷险，履之者知。至今他还清楚地记得，刚到大滩小学时，由于教师紧缺，自己要负责三到六年级的英语教学任务，当时班里很多学生甚至还背不全26个英文字母。为了能给同学们上一堂收获满满的课，他通过前期调研，反复修改教学讲义，打磨教学细节。

考虑到支教时间有限，张宏振经常以时不我待的紧迫感主动向校长要求加课。每周上20节课，每天工作时间最多时达14个小时，他恨不得一天当两天来用。一个月、几个月、一学期过去了，在自己的不懈努力下，班上的孩子们英语成绩进步明显，一些学生的英语成绩提高了20多分，个别学生更是有30分以上的跨越式提升。

就这样，张宏振慢慢地融入了支教生活。他记得每一次批改作业时的耐心，经历过许多个晚上与学生单独谈话和辅导功课时的困顿，沉浸于凌晨时为同学们设计出一道道复习题时的满足，令他印象更加深刻的是同学们学习成绩提高后脸上洋溢的喜悦与自信……

说到支教当中最让自己"操心"的事，张宏振陷入了沉思。

那是2020年12月，为期一年的支教接近尾声。明年还来不来？一切尚未可知。张宏振深知在侗乡支教的日子不多了，于是在校园内发起"圆梦行动"——让孩子们说出自己的愿望，看看能不能尽己所能帮助他们实现。

有很多学生说出了自己的愿望,张宏振都陆续帮他们实现了。

五年级的小吴在班里一直没有表达愿望,晚上,他给张宏振发来微信:"老师,我想要一支钢笔。"

"没问题啊,老师一定想办法帮你实现。"张宏振刚回复完毕,发现小吴很快又撤回了信息。

正纳闷间,手机又弹出一条信息:"老师,我还有一个愿望,可能永远也实现不了……"

"不会的,你说出来,老师一定帮你实现!"

"老师,我想要完整的嘴唇。"

小吴是班上一名品学兼优的女孩,因为患先天性唇腭裂,她自卑甚至忧郁,背上了沉重的心理负担。

"好,老师一定帮你实现这个愿望!"

张宏振当然知道这个事情并不简单,但他还是决定试一试。

第二天,他向自己所在的单位蓬莱边检站进行报告,并积极向社会"爱心基金会"进行咨询……每次打电话介绍情况,他都是站着说,将语速放缓,"想让对方感觉到我的真诚和期盼。"

今年以来,张宏振只要一有时间,就四处打电话求助,和小吴一起怀着无限渴望的心情等待回音、等待圆梦。

功夫不负有心人。就在11月中旬,经有关爱心组织协助,小吴接受南宁市医疗专家的会诊,确认了病因及治疗方案,后续将安排三次手术,确保嘴唇整形成功。梦想即将实现,张宏振不禁眼睛湿润了,他由衷地说:"既然答应了孩子,就要守信用……希望这次能够帮到她。"

这一年多来，让张宏振纠结的事还有不少。比如自己的身体，因为当地潮湿的天气导致中耳炎常常发作；腰椎间盘突出加上风湿性关节炎，走在崎岖的山路上不得不分外小心；由于缺少陪伴，上初中的女儿成绩出现下滑，妻子颇有怨言……但张宏振都默默地承受着。

在三江的支教经历，让张宏振深刻认识到了欠发达山区和发达地区的差距。在他看来，支教不仅要输送知识，更要关注学生全方面成长成才，教育和引导孩子们感恩社会、反哺家乡，为他们未来走入社会，积淀敢闯敢干的底气。

与别的同事不同，张宏振将自己的支教时间一再延长。为何后来决定再多留一年？张宏振说，是孩子纯真的笑容、清澈的眼神，还有那羞答答而又坦荡荡的天真……特别是他们对知识的渴望。"这不正是共产党员的责任与担当吗？其实与驻守国门的道理是相通的。于是我暗下决心：即使自己只是他们生命中的过客，也要用些许微光去温暖、照亮他们……"张宏振说道。

"以尘雾之微，补益山海；萤烛末光，增辉日月。"在漫漫人生旅途中，能做一个传播知识、传播爱心的人，能在别人需要的时候点亮微光，去温暖、照亮他人，何尝不是一种平凡而伟大的幸福？

这微光起初虽戚戚，但终将燃成熊熊之炬！

2021 年 11 月 26 日

道 路

重阳节那天,我和黄国平发微信,聊起三江扶贫的事。

黄国平是珠海出入境边防检查总站扶贫办副主任,再过几年就要退休的他,在广西三江侗族自治县(以下简称"三江县")蹲点扶贫已近两年。长期在侗寨苗乡辗转奔波,他身上已明显带着一股不同常人的"侠气",见到人总是一副笑呵呵的模样,让人倍感亲切。七月我在三江县采访时,与他结下不解之缘。

黄国平告诉我,之前说的高培村村口那些"门槛路",现在已经顺利竣工了。

高培村是三江县同乐苗族乡重点贫困村。村子依山而建,宅基地资源非常紧张,全村共有100多户危改重建住户,大多数房子都建在河道两边,房门前几十厘米处就是河堤不整的河道。这种状况不仅给村民出行造成极大不便,更带来很大的安全隐患。黄国平看在眼里、急在心上,当即便向珠海出入境边防检查总站汇报有关情况。随后,一笔30多万元的专项资金被引入,用于翻修加高河堤,并拓宽河道两边住户门前的道路。同时,为方便住户出行,黄国平还引导高培村村委会一班人,在河道上建造了两座美观实用的人行桥,并在河堤边安装美观实用的太阳能路灯,打造出山区乡村新景观。

从黄国平滔滔不绝的讲述中,我真切感受到这个耿直汉子干事创业的激情。几个月前在三江县大山深处行走时,我已深刻感受到道路对于当地百姓不寻常的意义。

七月的一天早上,黄国平驱车带我从三江县城出发,直奔同乐乡而去。一路不停颠簸,到了那九曲十八弯的盘山公路,一边是陡峭的山壁,一边是让人望而生畏的万丈深渊,车子根本不敢开快。当时正值雨季汛期,所幸路上没有遇到塌方。经过近两个小时,我们终于抵达目的地。在这个海拔约700米的苗族村子,虽逢盛夏,山风吹来,还是充满凉意。

这些经济发展较为落后的少数民族村寨,位于连绵不断的深山之中。住在大山深处、从前基本与世隔绝的乡亲们,因"村村通公路"政策而快速融入社会。那蜿蜒修建到每个村子的盘山公路,已然像人的血管一样延伸至身体每个角落,并忠实履行着供血职能。

而对乡亲们来说,虽然当地交通不便、土地贫瘠、环境恶劣,但终究是他们的家,是根之所系。他们的命运,无论贫富好坏,都与这片土地息息相关、不可分割。由此,我更加体会到"全面小康路上一个也不能少"这句话的分量。

黄国平说,在三江扶贫的日子里,最让他放心不下的就是当地的道路问题。用"地无三尺平"来形容可能有点夸张，但三江县位于桂、黔、湘三省交界处，境内层峦叠嶂、纵横绵延，山高谷深、崎岖不平是不争的事实。因此，无论是与外界沟通交流，还是本地人之间相互联系，修好路都显得尤为重要。

一桥一路总关情！在离高培村不远处的地保村，一条让村民安心出行的"安全路"也于国庆节前开通。

地保村受限于地理环境，村民大多分散居住在山坡上，村内连接各户的串户路狭窄险峻，也没有安装防护设施，以往经常出现村民摔伤甚至坠崖事故。仅去年以来，串户路上就发生多次塌方，数十户村民的日常生活因此受到影响。提高日常出行安全系数，成了地保村村民的迫切心愿。黄国平协调各方力量，投入近10万元修缮村中5处塌方巷道，改造多处道路防护栏。不到一个月，地保村串户路的"硬伤"便得到根治，乡亲们无不拍手称快。

在脱贫攻坚进入决战决胜关键阶段的当下，一条条修葺一新、连接每个村寨的道路，无疑发挥着重要作用。由此我想，像黄国平这样事无巨细、认真落实各项扶贫工作措施的扶贫干部，不也正是密切我们党同人民群众血肉联系的纽带和道路吗？

是他们，紧紧围绕脱贫奔小康的总目标做文章、出实招，主动作为，精准施策，极大改善了当地物质和精神条件，助推脱贫攻坚跑出"加速度"，让贫困地区群众得以共享改革开放的发展成果。那一条条应运而生的产业路，不仅打通了当地农产品顺利运出山村的瓶颈，更打通了村民致富奔小康的康庄大道。那一条条连接偏远村屯的上学步道,也不再是崎岖不平、泥泞不堪的乡间小道,而是孩子们读书求学、走出大山的希望之路……

此刻,我的内心一片澄明,为三江县好消息源源不断的脱贫攻坚之路,更为我们祖国当下越走越宽广的富强复兴之路。

2020 年 11 月 17 日

大山里种出新希望

六月的一个上午,从三江县城向东南出发,在层峦叠嶂中驱车前行,经过近两个小时的坎坷颠簸后,我终于见到了黄国平。

黄国平站在归东村村口半山亭附近的一块葡萄苗地里,头戴草帽,穿一件深色短袖T恤衫,黑色长裤的裤脚上沾着斑斑点点的泥土,一双皮鞋因为踩满了地里的湿泥,已看不清原来的模样。只见他扶着一株长势茂盛的葡萄苗,笑着说:"今年这苗长得好啊,存活率高了不少咧!"

他的笑容敦厚而温暖,让人心生信赖。尽管他正式的身份是一位国家移民管理警察,但大家更愿意称呼他"老黄"。作为珠海边检总站对口帮扶广西三江县驻村负责人,黄国平今年已过56岁,长时间下乡走村的那种质朴,已经在他的身上留下了明显印记,他让人感觉谦逊温和,平易近人,一如邻家的大叔。你甚至很难想象,这么一位与当地村民看起来没两样的汉子,不久前还在珠澳边境守着国门。

黄国平所在的那片地,是归东村用来培育葡萄苗的一块约1

亩大的山地。他身边不远处，两个归东村的村民正俯身给葡萄苗浇水。在他们的身后，是一株株长不到 1 米的葡萄苗。这些葡萄苗经过近 4 个月的培育，已长出多片叶子并吐出新芽，具备了独立存活的条件，很快将会被移植到其他地方。

说起归东葡萄，在三江县那可真是远近闻名。作为归东村最具特色的农产品，葡萄是村民经济收入的主要渠道之一，这几年甚至成了村民脱贫致富的"金果"。海拔 500 多米的归东村地处高寒山区，是一个侗族聚居的村落，山高路陡，出行困难，曾经是一个深度贫困村。

在村口半山亭，归东村党支部书记龙秀昌向我们介绍了葡萄的相关情况。

归东村因为独特的气候及地理环境，比较适合葡萄生长。据说该村的所有葡萄，都是由一株已有"百岁高龄"的野生老葡萄藤嫁接出来的。在归东村，几乎每家每户的房前屋后都能看到有葡萄藤到处攀爬。

"老黄来了之后，特别关注我们这的葡萄产业，也帮我们想了很多办法，做了大量的工作。"龙秀昌说。去年一年，在国家移民管理局的精准帮扶下，归东村将新培育出来的葡萄苗免费分发给贫困户种植，同时注重对外销售渠道，成功注册了"归东百年葡萄"商标，让归东野生葡萄真正走向了市场。也正是在该年年底，归东村实现了整村脱贫，村里原来的 100 多户危房户实施完危房改造，建档立卡贫困户全部参加基本医疗保险，全村人均年收入达到 5000 多元。

"这葡萄的经济效益还是相当可观的。我和老黄算过一个数,五年龄的葡萄挂果,每株年产量可达 200 公斤,现在市面上每斤葡萄可以卖到 5 元,种植户一年的收入每株就是 2000 多元。"龙秀昌眉飞色舞地说。

"现在归东葡萄种植面积已达到 1300 多亩,我们村里建起了 200 余亩的野葡萄标准化生产基地,重点发展'架上葡萄、架下茶叶、茶下养鸡'的立体综合种养模式,以点带面带动全村种植。我们下一步要追求品牌效应,让归东野葡萄的市场占有率稳步提高!"龙秀昌的话掷地有声。

顺着蜿蜒的山路,我们随后来到了村民李雪花(化名)的葡萄园内。

38 岁的李雪花,丈夫长年在广东佛山打工,家中有两个孩子还在上小学。掌握了葡萄种植、养护技术后,李雪花倒不觉得这活有多么辛苦。她说,她家的这两块地大约有 3 亩,以前只种茶树,每年采茶可收入 1 万多元。后来村里发动大家在茶园里套种野生葡萄,她积极响应,在两个茶园里全部套种了野生葡萄。尽管在夏季,葡萄藤的叶子会遮挡阳光,对茶芽生长有影响,夏茶会减收两三千元,但通过套种,每年的葡萄收入却可以为她带来约 3 万元的收入,去年,她家终于实现脱贫。

但见那郁郁葱葱的葡萄苗,枝枝蔓蔓地爬在两米多高的藤架上,覆盖了整片山坳。葡萄架上枝繁叶茂,绿意盎然,成串成串的葡萄如晶莹透明的绿色珍珠一样,沉甸甸地往下垂。

"你们要是再晚两三个月过来,这些葡萄就都成熟了。我们这里的葡萄籽少、肉厚、汁多、味甜,保证让你吃了上瘾!"李雪花热情地说。

"那段时间,我们村合作社天天都能接到葡萄收购商打来的电话,根本不愁卖。"龙秀昌插话。

这时,离李雪花葡萄园不远处,一个覆盖着灰色薄膜的大棚引起了我的注意。黄国平介绍说,这个约2亩的大棚是专门用来培育葡萄幼苗的。

"为什么要搭大棚育苗呢?"

"原来没有大棚的时候,由于低温、雨水等原因,育苗存活率很低。有了这大棚后,葡萄苗的存活率可以从原来的不到15%上升到现在的70%。"

黄国平说,去年以来,珠海边检总站共为归东村搭起了十几个这样的大棚,占地面积近30亩,共种植葡萄幼苗10万多株,目前的市场价格每株可卖40元左右。去除损耗率,光是卖葡萄苗这一项,每年就可为村集体增收约50万元。

"这葡萄苗都卖给谁了?"我颇为好奇。

"走,我们去那边看看!"黄国平卖了个关子,把我们引到一条刚竣工不久的硬底水泥路上。

"这条路是直通地保村的,是我们到这里之后推动新修建的一条产业路。这条路最大的好处,就是让归东的葡萄种到了地保村。"

黄国平至今还记得去年第一次下乡来地保村调研时的情形。当时正值雨季,通往地保村的主要公路遭遇塌方,车子不得不绕道而行,在大山里转了半天才到这里。

"前有高山挡路,后面万丈悬崖",这句话用来形容地保村一点也不夸张。地保村村民正是在这山高石头多的贫瘠土地上世代生活,村民们种植的稻谷、小土豆等农作物产量不高,收获微薄稀少,脱贫攻坚压力很大。

但地保村又不像归东村那样有葡萄这种特色产业。如何帮助这里的村民尽快增加收入、脱贫致富,成了当时黄国平心头的一块大石。

经过实地调研,黄国平了解到,地保村的地质条件和气候环境与归东村几乎一致,而归东村通过大力发展野生葡萄种植,壮大了村集体收入,促进了村民增收,在技术、销售等关键环节已经积累了很好的经验。能不能借鉴归东葡萄的产业模式,为地保村的村民增收呢?

"种葡萄好是好,但有两个问题要解决:一是如何种,二是种多少?"地保村党支部书记粟陆清表达了这样的忧虑。

如何种?这个好办!请归东村的技术骨干或者其他农业专家过来指导都行。

随后,黄国平主动跑到柳州市农业局,邀请专家亲自过来进行葡萄种植技术指导。那段时间,为了尽快推进项目,黄国平每天早上6点半起床,7点钟就出发,在同乐乡、三江县、柳州市之间多次往返,频繁与当地乡村干部、县农业部门领导以及柳州市农业专家多方座谈对接。

葡萄种植的关键,在于对病虫害的防治和科学种植技术上。

"挖一个大坑，大坑里上下再挖两个小坑，下坑放肥料，上坑放株苗，肥料一定要与苗隔开，不能混着一起放，葡萄苗株与株间隔要在两米左右……"黄国平对专家指导记忆犹新。

在地保村葡萄茶叶立体套种基地园，脱贫户李有德正架着木梯靠在水泥立柱上干得起劲，手上的剪刀快速地在葡萄藤上划过。"施肥和修剪，是这个季节不能耽误的工夫。葡萄的季节性护理可不能马虎。给葡萄施肥要环状施，每株要用100斤左右的腐熟农家肥。"李有德对葡萄种植养护技术烂熟于心。正是凭借这4亩左右的葡萄和茶叶收入，李有德一家去年也摘掉了贫困户帽子。

种多少？可以前期先投入部分启动资金，后期再视情追加投资。黄国平经过数日调研，快速形成了帮扶方案。在归东村和地保村之间打通了一条约4公里长、3米宽的产业路，由珠海边检总站从归东村购买葡萄苗捐赠给地保村的贫困户栽种，并出资援建葡萄桩和葡萄架。

"地保村和归东村一样，都是我们定点结对的帮扶村，这个项目既可以帮归东村销售了葡萄种苗，又可以帮助地保村的贫困户实现葡萄产业发展，可以说是一举两得，多方共赢。"黄国平说道。

在脱贫攻坚战役中，人们总结出很多有用的经验，如扶贫先扶智，输血还得造血。因地制宜发展特色产业、培养具有一技之长的乡村人才，是解决贫困地区长远发展问题的重要路径。授人以鱼，不如授人以渔。把产业带给他们，再把农科技能教给他们，这就是脱贫致富的好办法。

"最让我们自豪的是，让归东村脱贫致富的野葡萄，如今也成了地保村贫困户脱贫的新希望。"黄国平动情地说。

毫无疑问，地保村今年内一定会实现脱贫目标。在这里行走，所到之处生机勃勃、充满活力，你总能感受到一种忙碌、一股干劲，每一家、每一个人都感觉有奔头、有梦想。这里的乡亲们，在脱贫奔小康的道路上，将会越走越稳、越走越好……

2020 年 9 月 18 日

行走在白云生处

"远上寒山石径斜,白云生处有人家。"

杜牧的这首《山行》,之所以能千古流芳、脍炙人口,在于诗人即兴咏景,进而咏物言志,给读者以启迪和鼓舞。寒山石径,白云生处,炊烟袅袅,鸡鸣犬吠,构成了一幅清幽静美而不失生气的画卷。极目远眺,山上的风光化为了经典的意象;一个"生"字,说明山高路远,也形象地表现了白云升腾、缭绕飘浮的种种动态,让人不禁浮想联翩。

但在诗情画意之外,可能会衍生出另外一个话题——白云生处的人家,究竟是怎样生活的?

这样的一个想法,产生在今年夏天一次在广西三江采访的路上。

广西三江侗族自治县,地处湘、黔、桂三省交界处,属云贵高原余脉边缘的中、低山和丘陵地带。在这里,星罗棋布着大大小小的侗族、苗族人民聚居的村落,它们一般位于海拔600至900米的大山之上。这里,也是国家移民管理系统脱贫攻坚的定点帮扶最前线。

那天，车开出三江县城后，沿浔江顺流而下向西行，一路所见尽是崇山峻岭。道路两旁的绿水青山扑面而来，然而没完没了的颠簸让人早已审美疲劳，对这些平时难得一见的美景也就提不起多大的兴趣。

这时，同车的一位当地干部指着远处一个山头说，那里将是我们此行将要去的目的地。定睛一看，越过层层叠叠的梯田，果然有大片依山而建的吊脚木楼映入眼帘。正是雨后初晴，山顶处云雾缭绕，恍然若是人间仙境。

定睛再看，层林之间并不见道路，山上的百姓怎么出门？当地干部笑答："有公路，树木挡着呢，但是早些年，还真没有。"

我们坐车往山上去。但见盘山公路九曲十八弯，沿着凌空延伸的电线蜿蜒向山的深处。山路坡多，陡峭且狭窄，遇有两车交会，当地的司机也只能小心翼翼地相互避让，根本不敢开快。

当地干部介绍说，以前交通一直是个大问题，因为不通公路走不了车，物流只能靠人力，大物件进不去也出不来。村民基本只能靠山吃山，平时种一些稻谷和茶叶，饿不死，但也发达不了，如果家里有人生大病，有可能就会穷得揭不开锅。

近年来，这里的一切正悄悄地发生改变。村村通公路，对口精准帮扶，通过产业扶贫、消费扶贫、教育扶贫等一系列举措，大山深处里的"穷根"，已被人们用心找到并用力拔除。

耳朵里听着，心中便生出许多感慨。"白云生处有人家"虽然如诗如画，但对于这些世居山上的老百姓来说，能够吃饱穿暖，能够安居乐业才是更重要的事情。可是在此之前，我虽然也在不同的地方眺望过不同的山川，却从未认真地去想过山中人家的生活。

一路走来，目之所及，这深山远壑之间，已然发生太多动人的故事……

贫困是实实在在存在的。国家移民管理局所属单位定点帮扶三江县一年多以来，一直想方设法解决当地农产品滞销问题，通过内部购买、外部帮销、成立合作社直接参与生产等方式，采购帮销茶叶、茶油、大米、干笋、香菇等农产品，有效解决了农产品售卖难和价贱伤农的问题，让当地老百姓获得实实在在的收益。在各个帮扶的贫困村实施"一村一品"工程，帮扶老百姓建设起一批收益稳定、能带动长远发展的产业项目，推动各村以土地、设备等多种形式参股，所得利润按投入比例分成，建成食用菌、生姜、富硒鸡、田螺等初具规模的种养殖基地项目。给当地贫困村小学捐赠教学用具、课桌椅、文体器材、图书等学习用品一大批，从九个边检总站持续选派民警到贫困村小学开展驻村支教工作，稳步提高当地教学水平，努力切断贫困的代际传递。

在精准扶贫如火如荼的当下，那些生活在"白云生处"的人家，就如此越来越受到大家的关注。

我们那些身处扶贫一线的干部，也正在演绎着一幕幕可歌可泣的故事。大江滔滔，他们想的是如何去有效防洪防涝；雨季迷蒙，他们想的是村里还有哪些漏雨危房需要改造；鸡犬相闻，他们考虑的是哪家贫困户年内能够如期"摘帽"；山路崎岖，他们想着如何能尽快修通村屯到学校之间的"上学步道"，尽快把村里的路灯点亮，让孩子们上学求知不再那么困难。

那些暂时放弃沿海城市优渥生活条件的支教民警，克服地理位置偏远、环境不适应、饮食不习惯、生活条件不足等困难，俯下身、沉下心去接受挑战，他们迅速进入支教工作状态：认真备课、专心教学、批改作业、组织考试、入村家访……有的还在业余时间当起了其所在总站扶贫工作的义务宣传员，通过自己的朋友圈反映贫困村小学的教育现状，吸引越来越多的人关注教育扶贫并奉献爱心。

　　空山人影，自有豪情壮志涌上心头。全面建成小康社会的历史责任感，让这些亲身参与扶贫的干部，对过去心中诗意的栖居多了更多现实的考量。

　　从三江县回来后，我如常地投入到紧张的边检执勤工作当中，但对三江县脱贫攻坚的动态心里始终记挂。三个月后的立秋日，我在微信朋友圈看到了三江扶贫干部李金东发的一组照片：知了村的稻子熟了，层层叠叠的梯田一片金黄；稻花鱼被人从田里捞起来在田头架着烤，肥美得让人垂涎三尺；唐朝村村部会议室外的党旗格外鲜艳夺目；硬底化的盘山公路又拓宽了一米，在云雾缭绕中一直蜿蜒向前……

　　"喜看稻菽千重浪，遍地英雄下夕烟"，三江，算来已到收获的季节！

2020 年 10 月 23 日

"清白"的老许

"这么冷的天气,在珠海可真是少见!"老许一边开着车一边嘟哝着。他握紧手中的方向盘,一路向西朝着高栏港的方向驶去。

今晚的这趟行程是站里的一次临时任务。上级配发的警用被装下午已到市区,为了能尽快发到大家手里,老许顾不上吃晚饭就匆匆出发,前往指定地点领取。

此刻,天渐渐黑了下来,车外的温度已降到10摄氏度左右,寒风夹着细雨拍打着车窗,连日来的阴雨天让路上的积水到处可见。载着满满一车被装,老许以不到70公里的时速,小心翼翼地行驶在珠海大道上。

在转过一个十字路口后,老许继续沿路一直向前,没过多久就看到了不远处港区内的灯火。这透亮的灯火,让雨幕下的高栏港显得更加繁忙。不时有一辆辆大型油罐车和集装箱货车从马路对面飞驰而过,一台台耸立着的塔吊在码头上忙碌地作业着。

这条路,老许已记不清走过多少回。这条在20多年前由一条窄小的堤坝填扩而成的路，如今已变成十车道宽的双向主干道。在经过近3个小时，往返约200公里的奔波后，老许终于回到站里，他又一次顺利地完成了出车任务。尽管早已过了饭点，但饥肠辘辘的他还是露出了欣慰的笑容。

老许，名叫许旭珍，广东韶关人。我初识老许，是在去年刚到高栏之时。当时的他给我的第一印象是：一张国字脸，头发已花白，身材壮实，话语不多。一番了解后，我发现他的履历其实也很简单：年过五旬，职工，党员，工龄逾30年，一直从事驾驶和车辆管理工作。

用"讷于言而敏于行"来形容老许再合适不过。提起他，身边的人没有一个不竖起大拇指的，不光为他的驾车和修车本事，更为他的品行。

"我对方向盘好像天生有一种亲切感！"据老许介绍，他驾驶方面的特长在当兵时就被发现。从参军加入边防部队，到1998年经历九城市边检职业化改革，再到2018年伴随体制改革，进入国家移民管理机构，老许一直干着"老本行"——负责单位公务用车的使用管理。为胜任工作岗位，他在苦练驾驶技术的基础上，不断提高着综合素质。这些年，通过自学，老许硬是把文凭从高中变成了本科，还顺利获得了高级技师证。

在日常行车过程中，老许善于总结安全行车注意事项，并严格按照交通规则行驶。"作为一名司机，安全是最大的责任，这是对大家负责，也是对自己负责。"30多年来，老许已经记不清自己究竟使用和管理过多少车辆，但他始终清晰地记得，自己保持着行车40多万公里无事故的"清白"记录。

老许"爱车护车"也是出了名的。除单位正常规定的车辆保养、检查外，他每天上班的第一件事，就是从头到尾、从里到外检查一遍营区内的公务车。对于车子出现的问题，他总是先自己进行排除，实在解决不了了，才送去修理厂。"能为单位省一点是一点，这样还可以提高修车技术，何乐而不为呢？"

在很多人眼里，驾驶是一项枯燥的工作，而且工作量大、时间不固定。特别是近年来，高栏港的开发建设进入快车道，许多码头如雨后春笋般冒了出来。如今，边检民警在港区转一圈儿，把大大小小近20个码头巡查一遍，至少需要半天的时间。为了确保船舶和船员顺畅出入境，"5+2""白+黑"是民警们的常态。然而不管是酷热难耐的盛夏，还是寒风刺骨的隆冬，甚至是遭遇台风、暴雨等恶劣天气，老许都会开着车和同事们不辞劳苦地奔走在码头一线。大家经常说："坐老许的车，心里就是踏实！"

在高栏，还有一句玩笑话同样深入人心——铁打的老许流水的兵。身边的同事换了一茬又一茬，其他人短的三五年、长的八九年一般都会调回市区，但唯独老许，在高栏一待就是22年。

"这么多年，没想过到离家近点的地方干？"

"习惯就好。组织既然把咱放在这个位置上，那就好好服从命令、听从指挥呗！其实跟边疆很多同行比起来，咱这所谓的苦真不算啥！"说到这，老许咧开嘴憨厚地笑了起来。

雨渐渐停了下来。夜晚的港口，扑面而来的都是大海独特的气息。在老许的办公室，我看到窗台上摆放着两盆君子兰，那是前任站长在调走前特意留给老许的。空闲时间，老许会细心地打理着它们。如今这君子兰长势喜人，苍翠茂密，状似元宝，一片片叶子昂首挺立得像一个个骄傲的士兵。

"大家都说'把兴趣变成了职业'是件很幸运的事，这些年我一直开车，干着自己喜欢的事，很知足。现在离退休还有好几年，这方向盘我肯定会继续抓下去的，而且还要抓稳抓好。等到退休的时候，我也要把这两盆君子兰交给同事，让他们继续养下去！"说这话的时候，老许眼神坚定，闪着光亮……

2022 年 2 月 25 日

最后一次敬礼

这条路,赵勇已记不清在夜里走过多少回了。

这条由一条窄小的堤坝填扩而成为双向十车道的交通要道,是高栏告别海岛身份的唯一理由。

20世纪90年代,作为"百岛之市"其中的一个岛——高栏岛,因珠海西区的开发推进而驶入了发展的快车道。由于地理位置优越和水深条件良好,高栏港成为珠海"以港兴市"战略的重要依靠。

十一年前,赵勇刚从九洲边检站轮岗交流到这里工作时,高栏岛虽然已通过这条路与陆地相连,但是路面还没现在这么宽广、笔直,上面走的人和车也远没有这么多。

此刻,一弯新月正高挂天边,赵勇驾驶着执勤警车行驶在这条路上。时节已近冬至,即便在岭南更南的珠海,也能感受到阵阵寒意。车窗外,空气清冷,夜色凝重,马路对面不时有一辆辆大型的油气罐车和集装箱货车飞驰而过。不远处,就是灯火通明的高栏港码头区域了,那是今晚赵勇将要到达的目的地。

今晚的执勤，对赵勇来说有着非同寻常的意义。值完这个班次后，他就退休了！

是的，退休——这预示着他将正式告别自己的职业生涯……

1979年底，刚满十九岁的赵勇响应号召参军入伍，光荣地成为珠澳边关一名边防战士。赵勇出身于军人世家，父亲曾担任过拱北边检站主要领导职务。长期的耳濡目染，让他对部队有着一种天然亲近的特殊情结。赵勇就这样在自己的青春年华里义无反顾地穿上了军装，到火热的军营去追逐心中的梦想。

赵勇经常说，自己的职业生涯其实很简单：一路当兵提干，从来没当过领导，只干过边检这份活儿，没给单位添过乱，四十多年的时间就像一眨眼工夫。

虽是夜晚，港区内那高大的龙门吊架和那一台台轰鸣的重型机械，还在不停地吊装着进出口的货物，码头区域摆放着一眼望不到边的集装箱，忙碌作业的工程车辆穿梭往来，码头泊位一字排开，停泊着几艘巨大的轮船……整个港区一派热火朝天的景象。

十一年来，赵勇对这样的场景再熟悉不过了。高栏边检站所管辖的码头区域，绵延海岸线超过三万米，为了确保船舶和船员的正常出入境，不管是酷热难耐的盛夏，还是寒风刺骨的隆冬，哪怕是台风、暴雨等恶劣天气，赵勇和同事们都奔走在码头执勤一线。

"勇哥平易近人，对待工作认真、细致，从来不会挑三拣四，交给他负责的工作绝对让你放心。"和赵勇在高栏边检站共事多年的孙晓霞队长这样说。

我问赵勇，这几十年里有没有让你印象最深的事？

"印象深刻的事情太多啦！拱北口岸的人山人海、澳门回归祖国、横琴大开发、港珠澳大桥开通……"

事因难能，所以可贵。在赵勇的记忆里，自己所经历的每一个重要节点似乎还在昨日，他甚至能清楚地说出当时那些同事的名字。

赵勇说，在边检这几十年，不管工作环境如何改变，也不管形势和任务怎样变化，但身边的同事始终都是自己最给力的战友。"这些年，和许多活力十足的年轻人一起工作、生活，我感觉自己都变年轻了。"笑着说这话的时候，赵勇那散布在脸上的皱纹，如刀刻一般清晰。

再过一个小时，将有一艘巴拿马籍的远洋货轮入港停泊。今年国内疫情缓解后，随着港区系列助力复工复产和促进外贸增长措施的出台，高栏港入出境船舶数量逐渐回升，边检执勤工作的压力显著增加，赵勇为此已做足准备。

冬夜的海港码头，海风在猎猎作响，南海的波涛声隐约可闻。这样的夜晚，这样的工作任务，赵勇原本是不必出来的，但他还是主动向队里提出要求，想站好这最后一班岗。透过赵勇那历经岁月洗礼过后而愈发坚定的眼神，我能理解，这，就是他们那一代边检人的信念和坚持。

在码头灯光的引导下，赵勇小心翼翼地爬过舷梯，登上了眼前这艘载重量达五万吨的巨轮，按规范程序为其办理入境边防检查手续，这一切做起来需要小心谨慎。归还完查验资料的那一刻，赵勇娴熟地举起右手，向船长庄重地敬了一个礼。

如无意外，这将是赵勇职业生涯面对执法服务对象的最后一次敬礼。从边防军人到边防检查员再到国家移民管理警察，从巍巍矗立的拱北关口到灯火阑珊的九洲港口再到这不舍昼夜的高栏港码头，这样的敬礼，赵勇曾经历过无数次，只是这一次的分量更重，意义也不一样。

此时此刻，赵勇不由得心潮澎湃、思绪万千。就如绝大多数的边检人一样，赵勇踏实地走过了边检职业生涯的每一步。没有惊天动地的事迹，也没有感人催泪的壮举，他只是谨小慎微地履职尽责，做好国门卫士的本分。几十年的边检生涯仿若弹指一挥间，那些和战友们并肩作战、卫国戍边的往事却还历历在目、历久弥新。

"男儿何不带吴钩，收取关山五十州。"过不了多久，当日出东方，那温暖的晨光将会普照到高栏港区的每一条道路。刚刚脱下警服换上了便装的赵勇站得格外挺拔，他的目光再次定格在营区办公楼那在朝阳下熠熠生辉的警徽之上。他即将告别，即将离去，也许会在今后的岁月里无数次梦回高栏。

2021 年 2 月 22 日

笑容，绽放在最好的年代

前段时间，抽空观看了扶贫主题电视剧《山海情》。剧中那朴实温暖、励志感人的脱贫故事让人印象深刻，尤其是西海固人民群众通过自身努力，不断克服各种困难，将飞沙走石的"干沙滩"建设成寸土寸金的"金沙滩"的剧情，让我看得热泪盈眶。在闽宁镇寒冷的风里，马得福与一众村民在即将迎来丰收的蘑菇大棚内开怀畅笑。笑声中，饱含着劳动人民对当下幸福日子的满足，以及对未来岁月的豪情壮志。

这让我不禁想起，在刚刚过去的两年时间里，我们国家移民管理系统在广西三江县定点帮扶的种种经历。在那广袤连绵的十万大山深处，我目睹了警民共同携手向贫困宣战的火热场面，也听到了许多与移民管理警察扶贫相关的感人故事。侗歌声声，在古老的风雨桥和鼓楼边传唱，让无数为脱贫攻坚而奋力奔跑的身影变得高大而鲜活起来……

今年5月12日，国家移民管理局驻三江县扶贫工作专班组长李金东，将自己刚获评"全国脱贫攻坚先进个人"的3万元奖金，悉数捐赠给了三江县的4所乡村小学。李金东家庭其实并不富裕，上有老人要赡养，儿子还在上中学，他之所以作出这个决定，只是想"尽量帮帮落后地区的学生们，改善一下他们的学习条件"。捐赠仪式上，身穿藏青蓝警服的李金东在小朋友们的簇拥下，衣领上系着一条鲜红的红领巾，脸上露出了腼腆的笑容。

时间再往前倒推半年。2020年11月20日，三江县顺利实现了脱贫摘帽。喜讯来得似乎有点突然，却又在情理之中。正在三江勇伟小学支教的民警丁丽美说："得知这个消息时，我正在备课，办公室的老师们击掌相庆，大家笑得非常开心，校长更是喜极而泣。"

冬日明媚的阳光带来了绝好的消息，也带给了人们喜悦和振奋，同时还有太多的感慨，因为这一天来得太不容易了。三江人民成功脱贫，是他们的光荣与梦想，也是众多参与扶贫同志的光荣和梦想。同为扶贫干部的黄国平表示，当看到当地村民笑着走在修葺一新的硬底化乡村道路，家长们笑着给帮助孩子稳步提高学习成绩的支教老师们点赞的时候，大家感觉自己之前所有的辛苦和付出都值得了。他们坚信，三江的脱贫攻坚一定会与今后的乡村振兴完美对接，美好的乡村建设图景就在眼前。

是的，这些让人难忘的笑容，都是发自内心的笑，是幸福的笑、感恩的笑、自豪的笑。那一张张笑脸，从刚脱贫的侗寨苗乡延续到充满生机活力的沿海地区，从边远偏僻的乡村延伸到繁华无比的大都市，从红色旅游景点扩展到巍巍国门边关……汇聚成这个时代亮丽的风景线。

今年4月，在党的百年华诞到来之际，我有幸来到浙江嘉兴南湖瞻仰中共一大会址。在那艘小小的游船旁边，我怀着朝圣般的心情感受中国革命精神之源。一位白发苍苍的老党员，正将建党往事娓娓道来，人群中不时响起热烈的掌声和叫好声。看到人们如沐春风的笑脸，我坚信那开天辟地、敢为人先，坚定理想、百折不挠，立党为公、忠诚为民的"红船精神"，必将代代相传。

六月中旬，我的同事谭永康身穿厚厚的防护服，主动请缨验放一艘涉新冠疫情的外籍船舶，冲锋在海港疫情防控的第一线。盛夏的骄阳之下，谭永康按照规范流程熟练操作，圆满地完成了出入境边防检查相关工作任务。尽管那时已是大汗淋漓，但对着镜头，他还是笑着竖起了大拇指。这是在危难险重任务完成后胜利之笑，也是对疫情防控积极乐观心态的生动演绎。

近代百年，是我们党带领中国人民从站起来到富起来，再到强起来的漫漫历程。一百年来，为了人民的幸福和民族的复兴，无论是弱小还是强大，无论是顺境还是逆境，我们党都初心不改、矢志不渝，团结带领全国各族人民进行艰苦卓绝的斗争，攻克了一个又一个看似不可攻克的难关，创造了一个又一个彪炳史册的奇迹。中国人民的脸上，自立、自强、自信、自豪的笑容，越来越多地呈现在世人的面前。

站在新的历史起点，我们完全有理由相信，在中国共产党的坚强领导下，中国人民的笑容必将绽放得更加灿烂！

2021 年 7 月 6 日

拱关雨夜

暮春三月，夜幕低垂，窗外的细雨沥沥淅淅下个不停。因为疫情的缘故，大楼出入方向的大厅，早已放下了闸门。透过厚重的屋檐向外望去，偌大的口岸广场上空无一人。墙上时钟的时针，此刻才刚刚指向十二点。

往常的这个时候，这里完全是另外一番景象：无论出入境大厅还是出入境车道都灯火通明，旅客络绎不绝，车辆川流不息。国门之下，一派繁荣昌盛。

这么多年来，我已经习惯了这里的热闹喧嚣。作为连接澳门与内地的枢纽，珠澳同城化进程的加快，口岸大进大出是大势所趋，甚至有新闻媒体根据出入境数据，非正式地将我称为"宇宙第一大口岸"。啰唆半天，差点忘了作自我介绍——我叫拱北口岸。竣工并投入使用于澳门回归那年的我，算来刚刚年满21岁了。

事实上，在更早之前，我的前身一直都是内地与澳门之间不可或缺的重要通道，现在还矗立在关闸口的那块始建于1849年的拱门,便是历史的亲历者。在濠江之畔,我们共同见证了那段特殊岁月的沧海桑田。

在离开祖国怀抱的漫长日子里,澳门虽然与内地一衣带水、鸡犬之声相闻,但拱北关口始终是横亘在两地间的巨大堡垒,是重要的边防要塞,人们从这里进出从来都不是一个轻松的话题。古来边关,想来大致皆如此吧?

尚记得,当改革开放的春风吹遍神州大地,澳门与内地沟通联系更加紧密,两地间无论是人流还是物流数量都呈现几何级增长态势。

到了20世纪90年代,随着澳门回归祖国日期的最终确定,万众期待的目光再次聚焦到这块饱经沧桑的土地。由于珠澳两地渐行渐旺,原来的联检楼已显得破旧不堪。兴建新的口岸大楼被提上重要议事日程。之后,在各方的共同努力下,崭新而雄伟的联检大楼拔地而起,我终于如涅槃的凤凰一般迎来浴火重生。

忘不了啊!1999年12月19日澳门回归祖国的前夕,午夜的广场人山人海,到处都是盛开的鲜花和招展的彩旗,人们夹道欢送将要出境前往澳门驻防的中国人民解放军驻澳部队。在那一刻,喜庆的礼花次第点燃起来,照亮了珠澳边关的夜空。我与欢庆的人群一道,默默地注视着这难忘的一幕,心内不禁百感交集。

回归之后,作为珠澳间人员和货物频繁交流的桥头堡,我的重要地位愈发凸显。春夏秋冬,寒来暑往,一年三百六十五天,我自始至终保持着开放的姿态。特别是港澳"自由行"政策的深入推进，让我逐渐赶超深圳罗湖，一跃而成为年出入境人员最多的口岸。每年，都有数以亿计的人员和数以百万计的车辆从我这里通过。无数个早晨和夜晚，我和国门卫士一起守护着这方净土，见证着这里的安宁，欣慰于这里的通畅。

一声闷响的春雷，将我漫游的思绪拉回到了眼前。

今年以来，新冠肺炎疫情突然爆发，一时间，口岸似乎变了一番模样。从这里进出的人员数量，从曾经的日最高峰49.9万人次断崖式降至现在的每日平均不过十多万人。由极度繁华到萧条冷落，这中间的巨大反差，花多长的时间去进行脑补都不为过。

"行百里者半九十"，越是疫情防控的关键时候，越要认识疫情防控的复杂性和严峻性，也更加需要大家咬紧牙关去坚持不懈，以进一步巩固这来之不易的"战疫"成果。但我相信，如此种种，都只是非常时期的非常手段，我们自信开放的姿态永远都不会变。待到疫情消退之日，必定是口岸恢复常态之时！

夜色之下，我再次环顾周遭的一切。出入境大厅内的自助查验通道依旧整齐划一，人工查验台上窗明几净，出入境车道更是宽敞明亮，所有的工作标准并不因特殊的疫情时期而有所降低。

雨过总会天晴，夜残将到黎明。"不破楼兰终不还"，是的，我们一直都在积蓄力量！在这个暮春的雨夜，我已经迫不及待地期待那阴霾散尽、乾坤朗朗的艳阳天。

2020年3月11日

这儿也是国门

从珠海市区驱车一路向西,在穿过 6 座横跨珠江入海口的桥梁、途经 28 个红绿灯路口之后,终于到达高栏港国际码头所在地。这是市区去往高栏港的必经之路,实际距离只有 60 千米多一点,但往返一次却差不多要耗费 3 个小时。

这里没有鳞次栉比的高楼,没有川流不息的人流,看不到都市熟悉的驿动和繁华。这里呈现出来的,完全是有别于市区的另外一番模样。在营区入口处一栋建筑物的外墙上,"中国边检"四个硕大的字样虽略显陈旧,但却时刻提醒着我:这儿也是国门!

多年以来,我习惯于熙熙攘攘的珠澳边关人来人往的日子。在拱北口岸窗明几净的大厅里,我曾专注得奋臂如飞,严查细验过千千万万的出入境人员;在湾仔口岸的渡口,我目送每一艘满载旅客的轮渡短短 5 分钟即可到达河对岸的澳门内港码头,珠澳两地近在咫尺,让人印象深刻;无数个深夜,我坚守在濠江之畔的茂盛围,服务于频繁往返两地的港澳同胞,鸭涌河边黏稠的夜风，见证了我们无悔的守望……

18年后，我奔赴这个被定义为珠海边远地区的海港。此刻，高大的龙门吊架在不停地吊装着进出口货物，码头区域摆放着一眼望不到边的集装箱，忙碌作业的工程车辆往来穿梭，码头边上一字排开停泊的数艘大轮船……整个港区完全是一派热火朝天的景象。同事介绍说，近期来，随着有关部门一系列促进外贸稳增长措施的出台，高栏港入出境船舶数量逐步增加，边检执勤工作风险和压力显著增加。

我曾为长期驻守在高原缺氧环境下的红其拉甫口岸同行们那感人的事迹而潸然泪下，也曾被国内枢纽型空港口岸，如首都、浦东、白云国际机场那密集起降的国际航班所震撼，自己亦一直在国门之下亲身经历过各种各样执法服务的故事。这一次，我终于来到了这块完全不同于上述种种卫国戍边情形的热土，真正成为其中的一员。

今年恰逢珠海经济特区成立40周年。长期以来，由于优越的地理位置和水深的自然条件，高栏港以国际货运为主，一直是珠海"以港兴市"战略的依靠，是我国通往东南亚、中东、地中海、澳洲、欧洲、美洲等航线的途经港口。目前，高栏边检所管辖区域，绵延海岸线近30千米，共有各类码头10个、生产性泊位67个，其中的液体化工品码头、煤炭码头和干散货码头属珠三角西岸最大。2019年，高栏港货物吞吐量达1.2亿吨，同比增长33.3%，增速在全国39个沿海港口中排名第四。

夜幕降临，华灯初上，港区却并不平静。港口的夜晚，忙碌中带着一丝别样的意味,一台台轰鸣着的重型机械,将一批批来自外国的货物,卸载在码头之上。我们与世界的距离,原来竟然这么接近。而对于我的同事而言,"5+2""白+黑"则是工作的常态。为了确保船舶和船员正常出入境,不管是酷热难耐的盛夏,还是寒风刺骨的冬季,甚至是台风、暴雨等恶劣天气,他们都会不辞劳苦地奔走在码头一线。

午夜12点,巴拿马籍远洋货轮缓缓驶来,带着远方的故事,也带着世界的问候,靠泊在这临时的港湾。我的同事小心翼翼地爬过舷梯,登上了这艘载重达4万吨的巨轮,按程序办理船舶入境边防检查手续,并对15名外国籍船员逐一进行人证对照。

"岁月不居,时节如流"。夜晚的港口,扑面而来的都是大海独特的气息。国门之下,我们就像一个乐队的指挥家挥舞着指挥棒,通过指间洒脱的律动,引导着大家不断地演奏一首首动听的乐章。我们都是亲历者和见证者,在一个个似曾相识的日子里奉献着自己的汗水和智慧,用心感受着这个城市蓬勃发展的方向……

2020年10月9日

横琴口岸的变迁

我叫横琴口岸，坐落在横琴粤澳深度合作区内。

作为横亘在珠澳两地的大型口岸，2016年12月动工兴建的第四代的我于2020年8月18日开通。经常地，我会为自己一流的硬件设施和方便快捷的通关速度而感到骄傲和自豪。说句不客气的话，我这天生的大体量即便放眼全国也是颇具竞争力的。有多大呢？你们可以通过一组数字来感受一下：联检大楼及两侧的交通平台总建筑面积达45万平方米，相当于63个足球场那么大，设计日通关流量为22.2万人次，年通关总量超过8000万人次。

我其实很年轻，到今年还不满23周岁。掰着指头算了算，到今天为止，我总共经历了四个不同的时期。

用应运而生来形容我一点也没错，伴随着1999年澳门回归祖国的钟声，我呱呱坠地。2000年3月，作为迎澳门回归的重点项目，珠澳共建的莲花大桥正式通车，我也迎来了开通的日子。那个时候到过横琴的朋友想必还记忆犹新，岛上触目所及，都是蚝田、香蕉林和青草地，到处一派原生态景象。继拱北口岸之后，我成了珠澳之间第二个陆路口岸，闭塞已久的横琴岛逐渐敞开怀抱，迎接八方宾客。

但那时候的日子是真的苦啊！我的地基系填海建造而成，旅检大厅是简易的铁皮房，周边的道路是坎坷不平的砂石路。上午9点开关，晚上8点就闭关了，澳门通关的旅客大部分是住在氹仔一带的居民，珠海方面则是旅行团居多，一天下来也就几百人从这里出入境。

由于地陷严重，2005年无奈地关闭了我的旅检大厅，只得在原址重建。那段时间，我甚至一度怀疑人生，不知何去何从。好在，在各方的努力下，到了2007年，我就重新开放了。

重新开放的我，见证了那几年横琴稳步发展的历程。随着粤澳合作走上快车道，尤其是澳门回归十周年在即，横琴这块风水宝地，越来越频繁地进入公众的视线。那几年，澳门的基础建设大步前进，通过填海，氹仔和路环连接，一批金碧辉煌的大型建筑耸立起来。横琴这边也是不遑多让，一条条宽广平整的大马路通了车，一幢幢高楼大厦拔地而起，一个个大中型企业和公司入驻当地。横琴长隆海洋王国更是影响巨大，吸引着社会关注。

于是，我的3.0时代不可避免地来到了。2014年12月18日，一座外观充满环保和现代气息的过渡性口岸启用。为什么称为过渡性呢？因为在我的身边，一座外观宏大、体量惊人的永久性大型口岸即将兴建。

这时候的我，在国家政策的支持下实现了24小时通关。此举彻底改变了我以往一到晚上就停止营业、黑灯瞎火的黯淡形象。从那时起,"24小时不间断执勤、365天真情服务"成了我的承诺。印象最深的是,每天上午都会有数以千计的内地旅行团从这里出境赶赴澳门,他们的到来,为澳门多元化发展注入了新的活力。随着横琴自贸片区挂牌,澳门单牌机动车入出横琴政策落地,我也进入了高速发展的阶段,客流量呈爆发性增长。700万,800万,900万……年出入境旅客流量节节攀升。从2000年的20万人次,到2018年的900万人次,我每年迎来送往的人群足足翻了45倍。

日渐增长的客流对口岸的通关环境、交通建设等提出了新挑战,我的第四次盛装而立几乎可以说是注定的。

2020年8月18日,属于我的历史性时刻终于来到,被定位为粤港澳大湾区新"超级通道"的我被投入使用。这次堪称涅槃重生的经历之所以为世人瞩目,主要是出入境查验模式的变化。"合作查验、一次放行",粤澳通关从"两地两检"变成了"一地两检",旅客只要在我这里过三道闸机门,在不到一分钟的时间里即可顺利通关。在珠澳两地边检机关的共同努力下,通关效率大幅提高,旅客的通关体验也大大改善。据社会预期,我的正式开通,将会为两地人员交流和经贸往来提供更加方便、快捷、舒适的服务,从而更大程度地促进粤澳的沟通融合。

遗憾的是,两年来,由于种种原因,这里暂未出现期望中的热闹。相比于此前常态化的车水马龙,这样的沉寂更像是一次隐忍的蛰伏,随着粤澳深度合作的足音越来越清晰,我相信,这片土地迎来盛景的日子已然不远。

"青山遮不住，毕竟东流去"。经常地，我会习惯性地顺着濠江十字门的方向望过去，那两岸边的高楼已是鳞次栉比，繁华的气息渐次延伸向前，成了不可逆转的态势。我在想，这些年，我在莲花桥头虽历经变迁，但守望的初心始终未变，那就是更好地服务珠澳两地人员和经贸往来交流。每念及此，我的身上便充满了力量，并隐隐生发出对美好未来的无限憧憬！

2022 年 8 月 17 日

濠江边的那株芦苇

如果不是那场飓风,我只不过是五桂山下漫山遍野的蒿草当中一粒普通的种子,就像我的父辈一样,世世代代在故土发芽、生根,终老一生。然而,那场让人刻骨铭心的台风彻底改变了我的命运。

夏日的午后,狂风暴雨,我被疯狂地卷起,翻山越岭,竟然就到了这个陌生的地方。加林山下、濠江之畔,一个浪漫而温情的地方——珠海湾仔。在河堤的一处裂缝中,我堪堪而立,顽强地探出了稚嫩的头。幸运,还是不幸?此后的日子将会见证。

经秋历冬,在珠澳边界湿润空气的滋育下,我悄然成长。濠江的流水汩汩,往返的船只穿梭,我慢慢地习惯了江面上不时响起的汽笛声。尽管我离群索居,和同类有所不同,但我固执地相信,我来到这个世间,必然有自己的目的和使命!

当我终于硬朗到可以随风摇动时,我欣喜地发现,其实身边就是古老的渡口。每天都有车水马龙、人来人往,达官贵客、工学贾商,彰显了喧嚣嘈杂和与众不同。但卑微如我者,注定是不会被引起注意的，于是我一如既往地选择了低调和坚守。

夜晚来临的时候，热闹了一天的渡口终于沉静下来。在轻柔的夜风中，我会想起我的兄弟姐妹——江岸一隅、浅水之畔、沟塘边沿，都有它们零乱、柔弱而又倔强的身姿，或零星一丛，或连绵成片，或散乱间杂于沼泽田间。他们，此刻是否也和我一样，正在以守望的姿态仰视苍穹？

江的对岸就是澳门，我经常会惊讶于那里的神奇。一座座高楼大厦之内永远灯火通明，一条条充满异域风情的马路伸向这个城市的每一个角落，一群群流连忘返的中外游客带来了热情和财富，"一国两制"伟大实践在这片生机勃勃的土地上行稳致远……

历经了无奈迁徙、忍辱负重的艰难生活，此刻，我在风中孤独地摇曳，梦幻裹着轻盈的纱衣，我已经阅尽人间百态，看透了世态炎凉，既不动情于风花雪月，也无惧于烈日寒霜。

台风的季节依旧会如期而至，风夹着雨拍打着我的身躯，但风雨过后我又昂起了高傲的头颅。有的行人从我身旁走过，将我视作一丛野草，竟欲除之而后快，好在有栅栏的阻隔，我才能够幸免于难。

当然，我也得到了温情与关爱。那位清纯的女孩儿举起了她手中的相机，将我的身影永远定格。对我来说，她从哪里来，和她要到哪里去一样神秘，但我分明从她的眼神中看到了欣赏和希望。

"蒹葭苍苍，白露为霜，所谓伊人，在水一方……"这个时候，是我的黄金时期。经历秋冬枯黄和春夏萌绿，我已茁壮长成。虽然还是形单影只，但我已经学会了如何尽情去展示自己的优美和坚强。

叔本华说：人是一支有思想的芦苇。极言人的生命脆弱如芦苇。此言差矣！在阳光下的秋水旁，我们芦苇实是比人多了一份幽秘、羞涩、平凡、倔强、坚贞。即便单薄，却多了宁静恢宏的美丽；即使虚空，却多了欣欣向荣的喜悦和浪漫快乐的执着追求。

风儿扬起了芦花，飘落在这濠江之上。我仿佛看到了多年以前自己的影子，以及这些年来的辛苦打拼。在容易被遗忘的一隅，在没有欢呼和荣誉的寂静之中，在往往遇到的误解和鄙视的目光之下，我已经洞悉一切而宠辱不惊。我明白自身的价值所在，并不需要云烟一霎的掌声和鲜花。

就让芦花，寄托着我灵魂的芦花，随着奔腾不息的江水，漂泊到不为人知的地方，再次生根发芽！

那天夜里，我做了一个梦。

梦中，我重回快乐的五桂山，那里到处都是我的亲戚朋友。我的父母已垂垂老去，从他们的身上我看到了一种脱胎换骨、涅槃重生的姿态。那个时候，我大彻大悟：滚滚红尘中，守住善良淳朴的本质，才是最难得、最重要的事情。

清晨醒来，蓦然间我发现脚下泥土的表层有些异样，竟是密匝匝的褐色小尖锥。那是芦苇的笋尖！那是又一茬新生的芦苇尖锐的宣言，那宣言是无可置疑和不可抗拒的。我终于可以长吁一口气了：这一路走来，我无法成为摩天广厦的栋梁支柱，无法去满足那些寻真猎奇的人们，当然更不可能改变自己卑微的出身去迎合众人，但我已经了无遗憾！

要不了多久，当更加凛冽的寒风越过南岭呼啸而来的时候，我将顺势倒伏下来。代之而起的将是年轻旺盛的、欣欣向荣的、强大而铿锵的芦苇之阵……

茂生围的守望

我叫茂生围，位于珠海拱北与澳门青州之间。滚滚前山河在流过我这里之后，就变成了濠江。在南海之滨，这两条唇齿相依地紧紧围绕着珠海与澳门的河流，演绎着"一衣带水"的故事。

多年以来，这两个地方隔水相望、鸡犬相闻。我的这片方圆不到一平方千米的地方，在新千年来临前还是一片偏僻而浅陋的滩涂。触目所及，这里有狭长的沙洲，有肥沃的泥土，有茂密的树林，水草丰美，沙鸥翔集，鱼儿成群。这片距离闹市区并不远的净土，曾因种种原因而游离在人们的视线以外。

改变大概是从二十年前开始的。1999 年 12 月 20 日，离开祖国母亲怀抱长达四百多年的澳门终于回归了。子夜时分，鲜艳的五星红旗伴随着庄严的国歌在澳门冉冉升起，动听的《七子之歌》回响在珠澳的大街小巷，濠江两岸喷薄而出的烟火显得格外炫目。一河之隔，我平静地分享着团圆所带来的荣耀和欢欣，内心油然而生满满的自豪感。

澳门回归后，珠澳两地人员往来的节奏明显加快，珠澳跨境工业区则在这段特殊时期应运而生。推土机、挖土机、打桩机轰隆隆地开进了我的领地，低缓的滩涂被夷为平地，一幢幢高楼大厦拔地而起。这样热火朝天的场景持续了将近三年后，2006年12月8日，珠澳跨境工业区专用口岸的开通，标志着珠澳跨境工业区正式启用。从此，沉默与孤寂不再是我的标签，这里的一切，随着时代的脚步，逐渐进入了热闹喧嚣和不眠不休。

由于是内地与澳门间唯一的全天候开放口岸，这里几乎成了午夜时分珠澳两地沟通往来不可或缺的重要通道。那个寒冷的冬夜里口岸发生的"爱心接力"事件，至今仍然让我印象深刻。那天凌晨两点钟左右，一名澳门籍孕妇临产在即，需要紧急从珠海返回澳门医院生产。救护车呼啸而至，在口岸出入境车道，边检民警快速为这名孕妇及其焦急的家人办理好通关手续，同时通过电话与澳门同行取得联系，使临产孕妇一路畅通无阻，以最快的速度在最短的时间内换乘上澳门医院的急救车。那晚，临产孕妇顺利回到澳门分娩的故事温情暖暖。

更多的时候，我看到的是边检民警的默默奉献。无数个白天和黑夜，他们在工作岗位上无悔坚守，在坚持顺畅通关和安全管控的同时，他们致力于提高服务水平，推出系列便民举措，为园区企业及相关人员和车辆提供优质高效的出入境服务，为推动澳门经济转型和粤澳经贸合作发展贡献着自己的力量，得到了社会各界的广泛好评。

时间来到2014年12月。为庆祝澳门回归十五周年，更加方便澳门与内地人员往来，珠澳跨境工业区专用口岸扩大开放功能。在每天的零点至七点，内地在澳门务工人员及就读学生和普通的澳门居民，终于可以从这里自由出入。很快，这里便因为自身独特的区位优势而渐行渐旺，特别是在每天深夜至凌晨时段，更成了澳门居民前往珠海探亲访友和聚会消遣的出入境首选。对于这项通关新政，广大澳门居民和内地劳工无不交口称赞。

"青山依旧在，几度夕阳红"。在前山河与濠江交汇的石角咀水闸处，有一口老式的大时钟一直不停地循环运转着，分秒不差地记录着光阴的刻度。忘记从何时起，我的名字由"茂生围"被误传为"茂盛围"，的确，与二十年前相比，这里确实繁盛了很多，一个字的改变大概就是对这里发展变化的概括吧！

二十年来，我无数次看到珠澳两地边界上不断上演的那些动人故事，亦见证了澳门和珠海不断加快的同城化进程，真切地感受着"一国两制"伟大构想在这里逐渐落地生根、拔节成长。

天气晴好的时候，我喜欢顺着濠江入海的方向眺望，依稀可以见到不远处矗立着的百年雄关——拱北口岸，看到飞架东西、气势恢宏的港珠澳大桥，甚至还可以看到正处于大开发浪潮中的横琴岛。这些清晰的地标，完美地勾勒出未来珠澳蓬勃发展的美好蓝图。

二十年弹指一挥间，随着粤港澳大湾区建设战略的深入推进，沿着蜿蜒的水道顺流而下，你我都有充分的理由，去守望下一个更加辉煌的二十年。

2019 年 12 月 20 日

关闸口遐思

这个形似拱门和牌坊的建筑物被称为关闸，位于珠海与澳门之间，多年以来一直是珠澳边界的标志性建筑，相传拱北地区的"拱"字即来源于此。在澳门回归祖国之前，这个地方曾经是澳门往来内地的唯一陆路通道，见证了两地的风雨沧桑及风云变幻。

二十世纪八九十年代以前的关闸口，远没有今日这般热闹繁华，那时偷渡等非法出入境行为时有发生，边境管控压力巨大，可想而知承担着国门功能的关闸口，其地位和作用何其重要！2002年我到拱北口岸工作后，从历史图片当中曾无数次见过这个拱门，也曾多次听老同志提及相关信息。但由于1999年新拱北口岸落成后，关闸口周边一带租借给了澳门特别行政区政府使用，这个拱门已不再是珠澳的分界线，而是属于澳门管辖的地段，所以我与它一直没能谋面。我记得那时候执勤时经常会在"三不管"地带巡逻警戒，虽离关闸拱门仅咫尺之遥，却始终未能一睹真容。直到七年后我离开了拱北，心里的这份念想也没有实现。

2012年暑假,我持往来港澳通行证从拱北口岸出境前往澳门观光。在入境澳门后,我第一时间在关闸边检大楼外一隅找到了这个拱门。

此时的关闸,在周边一众的高楼大厦群中已显得甚为低矮,孤零零地立在广场的一侧,丝毫看不出来有何特别之处。只见一堵米黄色的墙体,中间是一个标准拱门,拱门两边镶嵌着颇有沧桑感的四块石头,上面分别以外文刻着1849年8月22日和1870年8月22日字样,可能这就是关闸始建日期及其他重要时间点了,拱门顶端还有两处浮雕状的航海类图案。

此刻,心心念念近十年的关闸就矗立在眼前,我迫不及待地与之进行合影。很难想象,这里作为珠澳两地的分界线多年,曾见证了拱北口岸多少车水马龙和风云变幻,也见证了澳门和内地人员交流往来的日益频密。回归初期,拱北口岸每年出入境客流量只有2800万人次,而到了2019年,口岸通关人次已飙升至1.45亿,占到全国出入境客流量的四分之一。

许多年前,我曾和小伙伴们一道在拱北口岸挥汗如雨、奋臂如飞,全力以赴去疏导那一茬接一茬、黑压压一眼望不到边的出入境旅客。无数个晨昏和黑夜,我们以"国门卫士"的名义坚守在口岸一线,严查细验着每一名过关的旅客。一个崭新的时代,在万众瞩目中已然拉开帷幕并正以不可逆转的姿态滚滚向前。

在霓虹闪烁的澳门街道间穿行,追古抚今,心生对这个时代无尽的慨叹和期待……

诗云:

巍然印象在当时,珠澳边陲诚可知。
遗迹相闻思景盛,真情常作慕容迟。
拱关月下风云涌,南海灯前意气期。
不动如山朝与暮,国门卫士志毋移。

2022 年 11 月 29 日

丰碑永不褪色

辛丑暮春，在党的百年华诞即将到来之际，我有幸重走了一趟中共"一大"路，现场实地瞻仰了上海中共"一大"会址和浙江嘉兴南湖红船，所见所闻颇多，精神上受到了洗礼，思想上得到了升华。

上海市兴业路76号，在100年前还叫望志路106号。路边一隅，静静地矗立着一栋风格独特的建筑物。米色石条门框和红褐色浮雕庄重典雅，外墙以清水石砖为底，并以红砖镶嵌着，门楣有矾红色雕花，黑漆大门上配铜环。这是呈现在今日世人面前的"一大"会址遗存。

百年岁月，沧海桑田。100年前的这里，还是旧中国上海滩的法租界。十里洋场，风雨如晦，多少风流过客、狗盗鸡鸣！和上海诸多老房子一样，这栋石库门建筑作为时代变迁的见证者，想必也经历了太多的酸甜苦辣。此刻，周边不远处，在四月暮春的新阳之下，是繁华无比的中环广场和新天地商圈。路边那一排排茁壮成长的法国梧桐在风中摇曳，仿佛在向游人诉说着岁月的变迁……

　　作为中国共产党的"产床"，这里是党诞生的时空坐标，是百年大党壮阔征程的奋斗起点。1921年7月23日晚，这栋老房子迎来了来自全国各地共产主义小组推选的13位代表。这批怀揣着共产主义信仰的年轻人，为了同一个目标聚集在一起，当时的他们断不会想到，这个里程碑式的会议，谱写出了"一唱雄鸡天下白"的壮丽史诗。如今，几经粉刷装饰之后，这栋房子丝毫不显得老旧，一如党的年龄，虽是百岁，正是风华正茂！

　　百年征程阔，奋斗正当时。与这座历经百年依旧屹立的会址一同贯穿这一百年中国现代史的，是中国共产党"为中国人民谋幸福，为中华民族谋复兴"的如磐初心和必达使命。

　　因为众所周知的原因，"一大"会议的最后一天被迫转移到浙江嘉兴的南湖召开。当年先贤们在险象环生的环境下对革命理想的执着追求，由此可见一斑。

　　我这次探访南湖，正值谷雨时节，虽没有遇上传说中的江南烟雨，但总算得偿所愿，看到了一直魂牵梦绕的红船。

　　这样小小的一艘船，停泊在南湖烟雨楼下一畔。湖堤边的柳树此刻正吐着新绿，万条垂下绿丝绦。湖光潋滟间，我的目光被眼前的红船牢牢吸引，不禁浮想联翩。

　　如同大海之于江河，太阳之于地月，南湖红船对于每一名共产党员而言，亦有着如圣地般的吸引力。船，肯定已经不是百年前的那艘了，但它所象征的意义却万古长存。

　　烟雨楼下，万福桥旁，据说每年都有数以十万计的游客前来瞻仰这艘船，接受革命传统教育。1964年4月，差不多也是在这样一个春日，"一大"代表董必武故地重游，在仔细察看红船后题了一首诗：革命声传画舫中，诞生共党庆工农。重来正值清明节，烟雨迷蒙访旧踪。

可以说，红船是中国共产党的"母亲船"，其所代表的是时代的高度，是发展的方向，是奋进的明灯，是铸就在中华儿女心中永不褪色的精神丰碑。今天我们瞻仰革命圣地，重温党的历史，就是要缅怀革命先辈的丰功伟绩，感悟初心使命，传承红色基因，凝聚起奋进新时代的磅礴力量。

正是：旗帜绘镰锤，百载征程当奋进；章程循马列，千年古国正复兴！

2021年6月8日

这份热爱,跨越万里山河

又是一个月圆之夜,蔡奕平望着窗外皎洁的月色,不禁思绪万千。

"露从今夜白,月是故乡明。"曾经,她以为珠澳边关就是她立身职守之地,那里有自己最熟悉的人群、最亲爱的战友和最舒适的环境,还有她以近三十年职业生涯所获得的诸多荣誉:全国特级优秀人民警察、全国公安机关爱民模范、全国"三八"红旗手、全国巾帼建功标兵、全国边检机关"文明使者"荣誉称号,2次荣立个人一等功,4次荣立个人三等功……

蔡奕平所在的地方,是位于新疆维吾尔自治区阿勒泰地区青河县、地处东经90°48′北纬46°11′的塔克什肯口岸。作为中蒙贸易往来的主要通道,这里没有林立的高楼,没有涌动的人潮,没有闪烁的霓虹和车水马龙。这里,是比古诗词当中玉门关和塞外更加偏远的存在。

这远行的决心和勇气,来自哪里?

记得那是5月的一天,上级一纸选派干部援疆挂职锻炼的通知让她平静的心顿起涟漪。选派优秀年轻干部到新疆等艰苦边远地区干事创业，是国家移民管理机构贯彻新时代党的组织路线和新时代党的治疆方略的重要举措，有利于提升边境地区维稳管控能力水平，有利于着力锻造"四个铁一般"移民管理队伍、推动国家移民管理事业长远健康发展。

曾几何时，蔡奕平是拱北口岸闻名遐迩的"快枪手"，创造出一年验放出入境旅客54万人次的全国最高纪录。在"一国两制"的前沿阵地，她以力之所及，履行着对党忠诚、服务人民、执法公正、纪律严明的铮铮誓言。

蔡奕平说，2020年8月26日，习近平总书记向中国人民警察队伍授旗并致训词那个激动人心的画面，曾无数次浮现在她的脑海。这一年来，在疫情防控常态化背景之下，对于全国移民管理警察在重要训词精神的指引下，积极履行新时代使命任务，坚决维护国家政治安全、国门安全和边境稳定的感人事迹，她是见证者，也是参与人。那些可亲可敬的战友们，在酷暑高温天气下穿着厚厚的防护服，验放涉疫出入境船员的场景历历在目。

那么，就让自己到祖国最需要的地方去吧！蔡奕平终于下定决心，在取得家人的同意和支持后，主动报名参与选调。跳出习以为常的舒适区，在7月的台风天出发，她告别爱人，告别即将上高三的独女，毅然踏上了为期两年的援疆之路。

从岭南到北疆，从濠江之畔到天山北麓，蔡奕平完成了人生中最大的一次跨越。几多挑战，几许期待，今后的日子将要见证！她爱着南国的沧海竞渡、万舸争流，如今，亦爱这万里之外的壮丽山川、大漠孤烟。无论是毗邻港澳的现代，还是接壤蒙古的粗犷；无论是杏花烟雨江南，还是黄沙落日塞北，她的热爱从此更加厚重与深刻。或是充实自己，或是心怀家国，她回想着自己从前所走过的路，每一步都不曾后悔！

国门之下，一样的戎装敬礼，一样的战疫场景，一样的全力以赴，一样的守望卫戍。旗帜飘扬，指引前进方向；训词铿锵，照亮万里征程。

在遵守疫情防控要求隔离的日子里，蔡奕平一边克服水土不服、时差带来的种种困扰，一边努力工作，从不落下任何一个会议、一次学习。尽管人生地不熟，但工作中她从未露出半点疲态。

"一隔离完，我便立即到离保障基地百里外的口岸参加执勤。我现在在这里过得很好，住在站里，深入学习这边的业务，尽自己的微薄力量为塔克什肯站做点贡献。"平淡的话语坚定有力，她眼里闪着光，那是一种迎难而上、不屈不挠的光。

朝着使命召唤的方向驰援万里，不会是衣袂飘飘打马游历南北的快意恩仇，也不会是追忆似水年华感月吟风的浪漫之旅。蔡奕平展示了她一以贯之的作为，这是胸怀"国之大者"的崇高风格，是坚守人民公安为人民的虔诚初心，是始终保持积极进取勇于奋发的精神状态，是以能拼善赢的过硬本领勇担党和人民赋予的新时代职责使命……

2021 年 8 月 27 日

愿得此身长报国

夜里,我利用值班时间随执勤队到高栏港码头巡查。港区的照明灯高悬着亮如白昼,出入码头管理区域的货柜车比平时明显多了不少。民警冯伟东说道:"台风'圆规'过境后,这两天出入境的外籍船舶出现了爆发式增长。"

深秋的凉风里,我和老冯并肩站立着,再次注视眼前港口这略显喧嚣的景象。这绝对是件值得高兴的事儿!对于海港来说,船多即是货物多,意味着外贸经济在发展增长。老冯和同事们的工作,就是坚守本职岗位,做到让出入境船舶 24 小时随到随检。参加边检工作已到第 34 个年头的老冯表示,自己辛苦一点无所谓,顺利完成工作任务最紧要。

疫情防控常态化背景之下,作为口岸常驻力量的移民管理部门,难免会引起社会关注。经常有朋友问我:"你们接触外国人的机会最多,感染的风险很大啊,怎么做到既完成工作又避免中招的?"

大多时候我都会跟他们说明一下我们的做法。比如,我会说从事高风险岗位的同事在执勤时都穿着"全副武装"的防护服，他们会小心翼翼、认真细致，在保证规范的前提下严密管控，确保国门管控安全无虞；我们还会因地制宜采取特殊的勤务模式，事后安排他们进行"闭环管理"，确保符合上级部门的防疫要求。

疫情时期，在南方海港码头三四十度的高温下，穿着厚厚的防护服验放一名出境或入境人员，一轮程序下来，汗水会将民警身上的每一寸肌肤都浸泡过一遍，更别提工作完成后那漫长的隔离了。即便如此，在我身边发生的情况还是让人颇感意外：每每遇到有特殊任务时，同事们都会请缨出战。

今年七月，一艘名为"黄岩精神"号的外籍轮船靠泊高栏港，船上多名船员有发烧等涉疫症状，上级要求高栏边检站协助相关部门尽快办理入境转运手续，当值执勤队竟有8名同志主动报名参加。在危难面前，大家没有丝毫的退缩畏惧。经过综合考量后，组织决定让二队队长谭永康来执行这次突发任务。

整个事件谭永康完成得干净利落，确保了涉疫船员安全闭环转运，同事们都给他竖起了大拇指，船务公司也送来了感谢的锦旗。事后有一次我问谭永康："你当时不害怕吗？""没啥好怕的，反正按规范流程走，肯定不会出现意外。就是天气太热了，出汗多了点。"谭队再说起这事来，已是云淡风轻。

和平年代里，没有血与火的锻造，我们都是民族复兴征程中的平凡一兵，如同一枚普通的螺丝钉之于一台结构复杂的大机器，兢兢业业地在自己的位置上发挥着应有的作用。没有轰轰烈烈，没有豪言壮语，有的只是平淡岁月里默默地坚守。

怎能忘了当初入警时的铮铮誓言？怎能不直视身上藏青蓝警服胸前的那一抹鲜红？以国门卫士的名义，那坚定的信仰和执着的信念赋予了我们阔步前行的力量，亦不惧在此过程中所遇到的任何艰难险阻。

为国争光、报效国家这个话题，在任何时候任何地点都不会过时。

今年国庆节期间热映的电影《长津湖》，将我们带回到72年前中国人民志愿军雄赳赳、气昂昂跨过鸭绿江去抗美援朝、保家卫国的真实场景，志愿军战士在极寒天气下奋勇杀敌、甚至因长时间伏击而被冻成冰雕的壮举让人不禁泪奔，他们阐释的是一种"人生自古谁无死，留取丹心照汗青"的大无畏精神。

神舟十三号载人飞船成功发射，翟志刚、王亚平、叶光富3名宇航员领命出征，前往太空执行长达6个月的飞行任务，他们将克服常人难以想象的困难，在空间站完成既定的科学实验和技术试验等科研工作任务，展示中国航天事业的伟大成就，他们演绎的是一种"苟利国家生死以，岂因祸福避趋之"的深厚情怀。

也许，我们的工作还不足以与上述所列举的英雄相提并论，但我们都是驻守在机场、港口、车站、边境线等镌刻着国门印记的力量，我们为移民管理事业所坚守的每一天、所流过的每一滴汗，就是对祖国最长情的告白。

爱国报国，是民族精神永恒的主题。习近平总书记说过，爱国主义精神是中华民族的精神基因，维系着华夏大地上各个民族的团结统一,激励着一代又一代中华儿女为祖国发展繁荣而不懈奋斗。中华民族之所以能够经受住无数难以想象的风险和考验,始终保持旺盛生命力,生生不息,薪火相传,同中华民族有深厚持久的爱国主义传统是密不可分的。

壮哉!愿得此身长报国,我以大爱守边关。

2021 年 10 月 16 日

信仰永恒

"三八"国际劳动妇女节，我给远在万里之外的蔡奕平发微信，祝福她节日快乐，顺带聊起她的近况。

她深入四面环山、常年大风低温的边境警务站，与哈萨克族护边员木拉提别克·阿汗深入交流，了解护边员的所思、所想、所行；她走访了国家荣誉称号"人民楷模"获得者布茹玛汗·毛勒朵，聆听她讲述民族大团结的故事……

"时间过得真快啊！转眼我到这里都大半年了。"蔡奕平感叹道。从东南沿海跨越大半个中国，到位于中蒙边境的塔克什肯边防检查站挂职锻炼，蔡奕平以她一以贯之的作风和勇气，去追逐心中的梦想。

其间，我们的话题还聊到了移民管理体制改革。

"4月2日啊！移民局成立的日子，我记得很清楚。"在蔡奕平看来，移民管理体制改革这四年，是自己工作学习生活变化最大的四年。

四年来，她从全国最大的陆路口岸拱北口岸轮岗交流到出入境船舶十分繁忙的高栏港口岸，环境有变化、职务有升迁；她继获评全国特级优秀人民警察、全国"三八"红旗手、全国巾帼建功标兵后，又荣膺全国公安系统二级英雄模范……

蔡奕平说，这些年不管周遭的环境如何变化，但使命和初心一直没变。很多时候，她会想起自己十八岁当兵入伍刚到珠海时的激动与不安，想起那些年在拱北口岸认真、细致疏导出入境客流的日子，想起每次查验完证件受到过关旅客夸奖时内心的欣慰。这一切，是她一路前行的动力源泉。

这四年，不只蔡奕平，我相信对于第一代移民管理警察中绝大多数人来说，都有着非凡的意义。我们都在不同的时间和地点，经历着不同的人和事。这些人和事，有的让人壮怀激烈，有的让人感动不已，有的让人不胜唏嘘，有的让人心生欢喜。

四年前，也是在这样的暮春时节，国家移民管理局挂牌成立，掀开了波澜壮阔的移民管理体制改革序幕，新时代、新征程的春风扑面而来。身处濠江之畔，我的感受同样真切而深刻——

2018年10月23日，港珠澳大桥口岸正式开通；2020年8月18日，新横琴口岸正式开通；2021年9月8日，青茂口岸正式开通。在短短的三年时间里，多座连接香港、澳门的口岸投入使用，对于践行"一国两制"、推进粤港澳大湾区建设的重要意义不言而喻。身处国家移民管理部门，珠海边检人不仅是历史时刻的见证者，更是重点工作的亲历者。我们坚持严密管控、严查细验，以专业精湛的执法确保国门安全无虞；我们坚持改革创新、提质增效，以优质高效的服务确保口岸和谐顺畅。

有梦想和光荣，更有曲折和艰辛。时间的门槛从来不容停留，我们甚至还来不及与过去握手道别，便已将绚丽的现在踏成了即将凝固的过往。多年以后，如果我们还能回望这段日子，那一定是心怀感恩，并且免不了百感交集。

不经意间，我总会想起到高栏这一年多来，亲眼所目睹身边战友那些感人的故事。他们中有的是刚休完陪产假没多久，因执行闭环勤务，近一个月没能见上妻儿一面，只能通过视频电话缓解思念之情；有的刚取得在职研究生入学资格，虽已到开学时间，但因工作繁忙，无奈将入学深造的时间一推再推；有的已经年近六旬，尽管不同程度地患有高血压、颈椎炎等职业病，但依然能克服身体不便，一丝不苟地完成每次查验工作任务。

"看似寻常最奇崛，成如容易却艰辛。"身处移民管理事业蓬勃发展的今天，我们每个人的际遇都有可能会在理想和现实的激烈碰撞中发生变化。但永恒不变的是，我们都不曾忘记入警之初的铮铮誓言，都无愧于头顶的警徽和胸前那抹动人的鲜红。未来，这坚定的信仰一定会赋予我们阔步前行的力量，让我们无惧任何艰难险阻！

2022 年 4 月 1 日

故乡吴川

故乡吴川是粤西滨海一个有着悠久历史的小县城。在那里,我从出生成长到十八岁,之后才离开到外地求学,工作后再回去的机会可以说是屈指可数。故乡,在我的字典里,更像是一个有着特殊意义的符号。但那里的一草一木、一人一情,却经常会出现在我的梦中。

我的出生地吴阳镇,位于吴川西南角,地处鉴江入海口,钟灵毓秀,人杰地灵,古代即为县治之所在。封建时代粤西地区唯一的状元——林召棠就是我的同乡。他是清朝道光三年癸未科高中魁首的状元公,素有"海滨俊才"之称,是家乡人的骄傲,也是吴川人崇尚读书、积极上进的榜样。

可以说,吴川一直都有尊师、重教、崇文的光荣传统。我的母校吴阳中学和吴川一中,多年来群英荟萃、人才辈出,曾培养出不少职至高位的人民公仆,还培养了众多撑起"建筑之乡"美誉的商贾巨子,当然还有其他很多在各行各业中贡献着自己聪明才智的精英。这些通过读书改变命运的乡贤,或步入政坛服务人民造福一方，或叱咤商海创造财富笑傲江湖，或热心公益慷慨解囊救贫济困回馈社会，显示出浓浓的赤子之心和乡梓情怀，为故乡吴川赢得了声誉。

二十世纪八九十年代的吴川乡村，所到之处基本都是原生态。那时乡村的道路没有那么宽广，村民的房子也没有那么高大。在那个物资匮乏的年代，孩子们的童年却并没因此而失色，农村无限广阔的天地到处都是他们尽情玩耍的舞台，也是他们思想和身体自由驰骋的空间。

那时候，我们活动最多的地方是在海边。因为祖辈久居海滨渔村，我们对大海再熟悉不过了。我所在的光升村距离海边不到一千米，从村子出发，穿过茂盛的木麻黄防护林，走在沙子满布的去海路上，很快就能到达海边。海边是一大片绵长得望不到边的沙滩，洁白且细密的沙子让人流连忘返。我经常与村里的小伙伴们相约出海去玩，捡贝壳、摸小鱼、挖螃蟹、摘野花、拾木柴……印象最深的，是饶有兴趣地围观乡亲们拉大网——那是一种在粤西海边存在已久的渔获方式。

再长大一点，我就成了村里的放牛娃。那时候，牛是农家最重要的生产工具，每年的春耕秋种都少不了牛的帮忙。在每天放学后或者寒暑假，我都会与村中的小伙伴们一起去放牛，寻找那水草丰美之处让牛吃饱喝足是彼时最大的理想。现在看来，尽管这已算是一种从事劳动以帮补家用的方式，但那时丝毫不以为苦，反而至今让人怀念不已。每天傍晚，田野上到处弥漫着一股浓郁的泥土气息，赶着吃饱了的黄牛走在四周满是庄稼的田埂上，看着不远处村子里袅袅升起的炊烟，想象着不久后一家人就可聚在一起吃晚饭的情景，家的温暖，就这样在幼小的心灵生根发芽、日久弥深。

做了一辈子农民的父母，对我们兄妹三人的爱从来都是无私的。父母起早摸黑，辛勤劳作，想方设法满足我们成长的需要。更难能可贵的是，尽管他们文化水平不高，但始终认准读书求学才是我们最好的出路。无论环境如何变迁，父母始终鼓励和支持我们一定要好好学习。我们兄妹三人也很争气，通过自己的努力都考上了大学，并分别在珠三角的城市找到了自己心仪的工作。真是"聚是一团火，散作满天星"！

工作之后，因为种种原因，我回故乡的次数越来越少了。但对故乡的牵挂和怀念却没有因此而减退。这些年，总会与相识或不相识的同乡不期而遇，很多时候，当那熟悉的乡音在耳边响起时，我的神经都会为之一振。乡愁，似乎是每一个漂泊异乡的游子绕不开的话题。

有时候我不禁会想，古代的人背井离乡，可能是为生计奔波，可能是去戍边卫国，他们也许一辈子都不会再有回家的指望，也许再回家时已成了马背上的枯骨，而这些，又是怎样一种痛彻心扉的经历！在中国的文化史中，乡愁历来都是一个浩瀚的命题，留下过数不胜数的凄美诗篇。不管是"月落乌啼霜满天"的张继，还是"举头望明月，低头思故乡"的李白；不管是"西出阳关无故人"的王维，还是"少小离家老大回"的贺知章，都曾站在异乡的土地上，遥望苍穹，发出过那动人的灵魂呐喊。

人到中年，容易怀旧。近些年，每到春节之时，中学的同学总喜欢以各种名义进行聚会。尽管不太喜欢那种觥筹交错、强颜欢笑的场合，但我偶尔还是会抽空参加，借此想从中寻觅一点当年青葱岁月里寒窗与共的记忆，遗憾的是，这种记忆有时若隐若现，更多时候则只是令人怅然若失……

2019 年 6 月 5 日

珠海四时寻芳

夏日,微曦,在鸟鸣声中醒来。透过窗,我看到室外那一树紫薇花正怒放着。枝繁叶茂,鸟语花香,珠海新的一天开始了。

在国内,以花闻名的城市不少,珠海作为青春之城、活力之都,繁花似锦自然是应有之义。只有在这里真正生活过的人,才能感受到这个城市是如何低调地芬芳着的。一年四季,人们在这里静看花开花落,沉醉于大自然慷慨的赠予。

"等闲识得东风面,万紫千红总是春。"朱熹在《春日》诗中这看似不经意的一句,道出了珠海人对春天的挚爱。以万紫千红来形容春天这里盛开的花,我觉得再适合不过了。

先说芒果花。芒果花喜欢重重叠叠地抱团而生,花瓣白里透黄,仿佛与枝叶融为一体。它既没有明亮的黄,也没有艳丽的红,与春天里那次第而至的群芳相比,芒果花实在是毫不起眼,以至于每个春天里的怒放,往往容易被世人所忽视。但芒果花依然故我,不卑不亢。南国春来,不管雨雾霏霏,还是清风徐徐,芒果花盛宴都会如期而至。它们本分地珍惜那大好春光，恣意地吸取阳光雨露，绽放出生命的本色。

要说春天里百花盛开的主角，木棉无疑是不二之选。在珠海看木棉，桂花北路可说是最佳去处。桂花路不开桂花而开木棉，想来真是一个美丽的错位！每年三四月间，我都会特意绕道到那里去看上一眼，那一树树火红的花朵远远地就映入眼帘。那苍劲挺拔的枝丫、尽情怒放的花瓣，让树底下徘徊的人们，想到英雄，想到燃烧，想到不朽，以及这世间的种种感动。这个时候若听到一朵木棉花坠地的声音，整个春天仿佛都凝固了一般。

近些年来，珠海加大了对各类市政公园的投入建设力度。这些大大小小的公园里，盛开着由辛勤的园丁们精心栽种的花儿。黄花风铃木、桃花、风信子、郁金香、百合、格桑花、炮仗花、鸡蛋花、凤凰花、刺桐、滴水观音、簕杜鹃、异木棉……这并不是一串枯燥的名字，我在写下它们的时候，眼前闪现着的，是这些花儿在不同时期里恣肆的千姿百态。闲暇之时，我喜欢到各个公园里跑步，看那生机盎然的一草一木，感叹那到处盛开的花朵，成了大家幸福的源泉之一。

河边和海边亦是寻花儿之处。前山河、情侣路、野狸岛以及淇澳岛等地方都很值得一去。

珠海临海，很多岸边都有不惧咸水的红树林。红树林是个总称，常见的多为野生植物，有海杧果、黄槿、无瓣海桑、秋茄、刺桐等。由于海水环境条件特殊，红树林植物具有特殊的生态和生理特征。它们很多也开花儿,此起彼伏地开,花儿在海风中摇曳。夏日炎炎,酷暑难耐,成片的红树林覆盖在海边,犹如大自然的"空调"。

河边的花儿则多为人工种植。夏秋之交,前山河畔那一大片的美人蕉,一望无际的嫩黄和深红,每每让人感到震撼。放眼望去,花朵们沿着河岸,有的站立,有的半躺,有的交相扭合在一起。它们当中的第一代可能都遵守了种植者的规划规则地生长,但到了二代、三代,种子便自然撒播,长年累月,渐渐变成了那片土地上的野生物种。

秋冬季节,很多地方已万物萧瑟,但在珠海是不存在这种情况的。大片大片的紫荆花和簕杜鹃装点着街市的各个角落。作为珠海市市花,这些年,珠海的园林工作者们把簕杜鹃种遍了大街小巷。此花花期长、栽培广,花色有红、紫、白、粉红等颜色,开花时,真可谓是姹紫嫣红、缤纷灿烂。簕杜鹃生命力极强,象征着开拓创新、锐意进取的特区精神。

更多时候,你甚至不需要刻意去找寻,也能感觉到珠海无处不在的花朵。只要你用心打量一下这座城市,就能发现,不知从什么时候起,这个地方又多了一座天桥,那个地方又有一座大楼拔地而起,眼前甚至还会晃过一丛丛五颜六色的花儿,心情瞬间变得舒畅起来。

触目可及的鲜花,不仅装点着珠海的自然环境,还间接影响着这里人们的日常情绪和生活观念。他们因地制宜地扮靓着这座城市,让这里随处花香满布,浓香、淡香、清香、幽香、暗香……这花香的多样性,恰似珠海的人口构成。大家从天南地北汇聚到这座年轻的城市,用各自的坚守和奋斗,让这里一年四季都散发着醉人的芬芳。

2022 年 8 月 24 日

第二辑 时光

- 在放牛的日子里
- 宝镜湾寻「宝」
- 点点灯火
- 节点
- 那年十八

在放牛的日子里

十岁时的一个夏日午后在我的记忆中深刻且清晰：我家的那头大黄牛阿黄要生产了！

我记得周围满是人的声音，大人的小孩儿的都有，他们都是围观的，只有我才是故事的主角。在我家旁边那棵高高的樱歌子树下，虽有庞大且浓厚的树荫，但我却感到无比的燥热，同时还伴有深深的恐慌：每天与我朝夕相处的阿黄临盆在即，而我的父母此时却不在家——他们都外出劳作去了，这令我顿感手足无措。

阿黄罕见地在大白天里趴在地上，嘴里不时发出低沉的闷吼。我从牛棚里搬来干草给它吃，但并没有得到像往常一样的回应。旁边有人喊道，赶紧拿盆水给它喝啊！于是我急忙赶去水井打来了一盆凉水，摆在阿黄身旁。阿黄站了起来，缓缓地转圈儿，此刻它圆滚滚的肚皮里似乎有东西在蠕动。阿黄弓起了腰，撒尿的地方竟渐渐打开，同时伴有血水流出。眼前的一切让我目瞪口呆，我甚至担心阿黄会不会死掉。时间在一分一秒过去，阿黄似乎越来越难受了，它的鼻尖冒出了很多豆粒大的汗珠，它的腰弓得更弯了。

在阿黄生产的最关键时刻，我走在了去求助的路上。看着阿黄难受的表情，无能为力的我内心越发不安。那时我能想到的亲人，就是居住在村头的奶奶。想到这，我没有丝毫的犹豫就往村头的方向冲去，我要把阿黄即将生产的事情告诉奶奶，问问她是否能给我提供一些帮助。

当我急匆匆地带着奶奶赶回来时，阿黄已经把小牛生了下来。只见一只浑身湿漉漉的小黄牛跪在地上，旁边还有一大摊血肉模糊的东西（后来才知道这是牛的胎盘）连在它的身上。阿黄则气喘吁吁地躺在地上，它在用舌头不停地舔着刚刚出生的小牛。

奶奶一来，果然就镇住了场面。她先是把围观的人群给驱散了，说牛生牛儿有啥好看的，你们该干吗干吗去。接着她又开始安抚紧张的我，说没事啦，生下来就好，你看那小牛多可爱啊！随后，她还向我描述说，牛是不用人接生的，母牛自己就能处理好这一切，四条腿的动物出生后很快就能站立起来，阿黄的奶水应该会很足……

事情似乎都朝着奶奶的话锋发展。时间不长，小牛在经过多次的尝试后居然顺利地站起来并开始试着走路了，接着就跑到阿黄的身边吃奶。黄昏时分，当我背着一箩筐新鲜的青草来到阿黄身边的时候，阿黄已经能够给我以正常的回应。它像往常一样摇着尾巴驱赶着苍蝇，大口大口地吃草，不时抬起头来看一看我，那种眼神，满是一种经历过产子极度辛苦和疲惫后的善意。

1990年暑假里发生的这一切在我的记忆当中印象深刻且清晰，不仅仅因为这是我第一次也是迄今为止唯一的一次亲眼见证哺乳动物生产的震撼场面，更因为我与阿黄所结下的深厚的感情。

那年春天，在完成春耕工作后，父亲把家里原来的那头老牛卖掉了，随后，他又托人买回另一头牛。这是一头体格健壮的母牛，它有着壮实的四肢，一双犄角不长也不短，叫声响亮而有力。和其他那些身上间杂着或黑或白的毛的牛不同的是，这头牛全身上下都是赏心悦目的金黄色的牛毛。我们给它起了一个亲切的名字——阿黄。

那时候家里头号的牛倌是大我三岁的哥哥。可他马上就要上中学了，放牛的任务自然轮到作为老二的我。当父亲将牛缰绳交到我的手上时，我瞬间感到自己责任重大。在二十世纪八九十年代的粤西乡村，牛承担着人力所不能代替的农忙生产工具的重任，在农民家庭当中的地位那是相当的高。

每天，除了完成小学生课程和作业之外，我把主要心思和精力都集中在阿黄的身上。哪里草源充足，哪里水草丰美，哪里有阿黄爱吃的草料，我都一清二楚。而牛似乎也颇通人性，你对它好，它同样对你好，它会按照你的意思走在你想它去往的路，并能够很好地控制走路的节奏。记得有一次，我把阿黄赶到海边的一处丛林里，那里有它最喜欢吃的"猪肉草"。阿黄在埋头吃草，我则在一旁的草地上坐着看小人书。正当我看得入迷的时候，突然听到阿黄发出几声短促的"哞、哞"声。顺着声音传来的方向望去，我看到了一条正在爬行的蛇，阿黄则已摆出了一副欲用犄角冲顶的姿势。见此情形，我赶紧拉着阿黄冲出重围落荒而逃，心里不禁暗暗后怕：要不是阿黄发现得早，很有可能被蛇袭击了！

平时阿黄在干活的时候是一把好手，父亲只需跟在它后面扶着犁，基本上不用怎么驱赶，亩把大的田地半个上午就可犁完。那时除了完成自家的田地外，父亲还会在农忙时节帮助叔伯兄弟和邻居们也把地犁上一遍，好完成春耕或秋种的前期准备。

至今我依然怀念那时候乡村的原生态。多少个黄昏，我看到炊烟从村庄的农舍屋顶缓缓地升起来，融入到傍晚宁静的霞光里。有时候，细雨中的田野不再空旷，弥散开来的雾气总会让人感到温暖。我赶着还不大愿意离开草地的阿黄，走在狭长的田埂上，闻到了来自田地里淡淡的牛粪味，夹带着一些潮湿的气息。不远处，就是我可爱而温暖的家园。

铁打的营盘流水的兵！阿黄作为我家编外一员的日子同样没能持续很久。在阿黄产子大约一年后，为了图个好价钱，父亲把阿黄和小牛一同卖给了别的人家。为此，我大哭了一场，但这并没有阻止我和阿黄的分别。这头带给我无数欢乐和牵挂的黄牛，从此只能出现在我的记忆当中。

之后，我也像哥哥一样走出了乡村，坚定地走在通往中学、大学的路上。童年的时光已然远去,我会经常想起那些为阿黄夙夜兴叹的日子,那些躺在高高的草垛上反复翻看小说的日子,那些虽迈步在闭塞的乡村却无限向往外面世界的日子,当然,还有那永远也回不去的故乡的淳朴乡情……

2016年2月5日初稿

2020年9月9日定稿

宝镜湾寻"宝"

初夏的一天,在李波的引带下,我终于来到了慕名已久却素未谋面的宝镜湾摩崖石刻遗址。

李波是高栏边检站执勤一队队长,在高栏已经工作了 13 个年头。由一名青涩的入警大学生成长为独当一面的队长,李波以认真负责、专业干练的一贯作风而广受好评。他对岛上的一切非常熟悉,一些人和事儿从他的口中说出来简直是滔滔不绝、如数家珍。有他在前面带路,我心里踏实极了!

这宝镜湾摩崖石刻,就位于高栏岛宝镜湾畔的一个山包之上,当地人称这个山包为风猛鹰山。顾名思义,这里从前必定为风高浪急、险峻陡峭之地。

沿着山口一条小径拾级而上,路两旁长满了藤状灌木,偶有几棵高耸的大树,挡住了初夏午后的阳光。山风吹来,让人瞬间感到凉意阵阵,颇有一番探幽寻宝的味道。

李波说,由于这里属于大型石油化工码头管理区管辖的范围,平时能到这里来的人少之又少。这里离边检最近的一个执勤点直线距离只有几百米，日常巡查执勤的时候，他和同事们经常都会经过此地。

我和李波边聊边走。大概一刻钟后，我们转到了半山腰处，但见前面突兀地矗立着几根高大的人造石柱，石柱沿山腰围成了帐篷的模样，架在数块巨石之上。定睛一看，才发现这几块看似杂乱的石头实则形成了一个幽深的洞穴。洞顶有一块貌似船舱的巨石，不知何故被架空卡在石洞的东、西壁之间。

李波介绍道，宝镜湾摩崖石刻遗址是珠海市仅有的三处全国重点文物保护单位之一。能成为"国"字号，绝不仅仅因为这石洞鬼斧神工的造型吧？实际上，真正让此地闻名遐迩的，是石洞里珍贵的岩画。

说起岩画，就不得不提"藏宝图"的故事。

相传在清朝嘉庆年间，高栏岛附近出了个叫张保仔的大海盗，多在珠江出海口这一带活动。张保仔平时作恶多端，搜刮抢夺了大量财宝，后来虽被朝廷出兵剿灭，但有关其在岛上埋下宝藏的传说却流传开来了。当地上了年纪的人都说，他们的祖辈乃至父辈曾经亲眼见过张保仔的"藏宝图"。

这"藏宝图"到底在哪里呢？世人一直也没个定论。

从 20 世纪 80 年代开始，伴随着改革开放的春风，高栏岛大规模开发加速推进，到高栏"寻宝"再次成了热门话题。只是人们要寻的这个"宝"，却被赋予了另外一层含义：高栏港因本身深水良港得天独厚的自然条件，成为珠海市乃至广东省的重点开发项目，一大批对外开放的码头和泊位先后建成，多条连接欧美、东南亚的国际航线相继开通，数以百计的化工、能源及重工企业等先后进驻港区。通过几年时间的围海造地，一条连接高栏港与陆地的连岛大堤建成。这条大堤后来逐渐被扩建，就成了如今宽广笔直的高栏港大道。每天，一辆接一辆的油罐车、液化气大槽车、集装箱大货车往来穿梭，好一派热闹繁忙的景象。

但"藏宝图"的传说却始终是当地一个绕不开的话题。1989年夏秋之交，珠海市考古人员在对宝镜湾进行考察时，意外地在风猛鹰山岩洞的石壁上发现了一组特殊的图案。一开始，大家都以为这就是传说中的"藏宝图"，但后来经过鉴定，确认这摩崖石刻竟是新石器时代晚期的一处文化遗存，为距今三四千年前的南越先民所作。

凝视着眼前这成片的石刻，尽管由于年代久远、风雨侵蚀，石刻的线条多有风化，但我依然能感受到石壁上这图画的精美绝伦和恢宏大气。据考古专家考证，在宝镜湾摩崖石刻可辨别的图案里，有船，有波浪，有多组舞蹈中的人物，有祭祀场面，还有蛇、牛等动物形象，内容应为南越先民现实生活的写照或图腾崇拜的呈现，其艺术价值和考古价值皆得到公认，在考古界有"珠海史前清明上河图"之誉。至此，有关"藏宝图"的谜底才算揭开了。

从石洞走了出来，在山间一处开阔的平台，李波指着山下不远处一个液化气装卸码头对我说，当天上午，他和同事刚刚查验完一艘八万吨级的"巴哈马"籍外轮。这艘巨轮在卸完满载的液化天然气后，将再次奔赴遥远的中东。

沧海桑田，世事变幻，几千年来生生不息的高栏岛，如今早已告别海岛的身份，并发展成为大湾区建设的"新引擎"。极目远眺，斜阳之外，偌大的码头泊位和油气存储罐在宝镜湾畔气势磅礴、连绵不断。我在想，这遍地星罗棋布的存在，不正是人们一直以来都想寻找的"宝贝"吗？

2022 年 5 月 27 日

点点灯火

秋夜，我与友人相约攀爬凤凰山。从山脚下的长南迳古道出发，一路上借着微明的星光，半个多钟头我们就登上了海拔近五百米的凤凰顶峰。

透过浓浓的夜色向南望去，我看到了这个城市与白昼里完全不同的一幕。远处的港珠澳大桥在伶仃洋上蜿蜒，一盏盏桥灯组成了一条明亮的光带，穿透黑暗往香港方向延伸。珠澳连接区域那星星点点的灯光在夜色中不停闪烁，高低明灭，有的间隔开来，有的连成一片。俯瞰着这夜色中的城市，此刻虽冷风吹拂，但那次第点亮的万家灯火，还是让人感到无比温暖。

于是我想，人这一辈子，究竟会遇到多少让自己刻骨铭心的灯火？

小时候，我总喜欢在某个雨夜，打开家里那盏橘黄色的电灯，让温暖的颜色填充到房间的每个角落，小小的心也会被简单的快乐所填满。长大后，走南闯北，经历过无数暗夜，亦看到过暗夜里亮着的点点灯火，那些灯火，总给人以希望、信心和勇气。

很多时候，灯火就像人生中熟悉的坐标，冥冥中好像有一把刻刀，为灯火背后那些渐逝的光阴刻出温暖的轮廓。

从市区到高栏港工作已经两年多。两年多来，我对港区的每一条路已经再熟悉不过。从站部到码头执勤点，往返一次大概十公里，这是我日常巡查的里程。我清楚这路上的每一个节点，就像对自己心跳的节奏一样了然于胸。

虽是周末，港区却是灯火通明，码头那高大的龙门吊架映入眼帘，一艘巨轮正在卸货，好一派热闹景象。旁边就是翻滚的南海，这些日子以来，我已记不清多少次站在码头边，凝眸眺望这夜幕下的大海。

港区的夜通常海风呼啸，夜晚巡查时，我看到四处通明的码头，岸边高耸的岸吊和龙门吊运作不停，万吨巨轮静静地停靠在泊位上，地灯、射灯、探照灯、指引灯，船上的、车上的、吊塔上的……形形色色的灯火让整个港区涌动着无限生机。

而远处那忽明忽暗的灯光，大抵是渔舟，又或是已开始启程的远洋航船。这个时候，涛声隐约，海风拂面，一股腥膻之味扑鼻而来。这样的气息，有别于大漠戈壁，有别于草原林海，有别于高原雪峰，专属于此刻翻腾的潮汐，以及这通宵达旦的点点灯火。

返程，再次经过那片茂密的林地，黑暗里我居然看见了几点荧光，一点、两点、数点，在草丛里不住地扑腾着，那柔和的光线让我不由自主地放慢了脚步。两年前刚到这里的时候，我曾见过一次这岛上的萤火虫，之后便难觅踪迹，想不到今晚再次得见。这渐近深秋的深夜，在完成勤务之际，我就这样收获了意外的惊喜。

记忆当中，我还见过国家移民管理局定点帮扶的广西三江山村里那明明晃晃的灯火。在那大山环绕的侗族山区，夜的黑似乎是一种让人无助的黑暗，山风吹来沙沙的声音更是让人感觉凄清。毫无疑问，此时那一束明亮的步道灯光，足以让山村人民精神一振，似乎找到了光明的出路。即使它没有城市的灯光那般绚丽，但它保证了出行安全，也会坚定山里人对生活的信心。

而在遥远的云南山村，那位饱受病痛折磨的老校长，无数个夜晚，让办公室内那盏灯始终燃点，守望着丽江华坪女子高级中学那些如花朵一般绽放的学子。她的名字叫张桂梅。

作为时代的"燃灯者"，四十多年来，张桂梅始终坚守在祖国西南边陲的教师岗位上，用持之以恒的无私奉献，帮助数以千计的乡村女孩走出大山，去追逐自己的梦想，这是何等伟大的事业！她付出了自己全部的时间和精力，改变了她们的命运。

由此我想到，在中国无数的乡村，为了给当地孩子提供更好的教育，许多扎根或支援乡村教育事业的校长、老师们所做出的种种努力。他们是烛光，用爱心和智慧阻断贫困代际传递，照亮了贫寒子弟走出大山的前程，点亮了万千乡村孩子的人生梦想。有他们在，贫瘠的山村便有了发展的希望，薪火相传、传统赓续就有了可靠的依托。

  时代会铭记奋斗的足迹，足迹会记住那些往来的点点灯火，而灯火是包裹记忆的襁褓，照亮岁月长河里每一段跌宕起伏和急湍险阻，让那些涌动的浪花变得无比晶莹透亮、栩栩如生……

2022 年 12 月 16 日

节　点

多年以后，我肯定地记得，那个夏天里那些往事的每一个细节，甚至，对于在那期间人们种种的表情以及各样的声调我还历历在目。

那年的高考是安排在七月进行的。七月的天气无疑是酷热的，但那个夏天却出奇多雨，高考那三天的前前后后一直都在下大雨。等到成绩揭晓的时候已是七月中下旬，我考出了一个不算好也不算坏的分数。在中国高校大规模扩招前的最后一年，这个高出本科线几十分的成绩，基本算是我高中三年苦苦拼搏的正常反映，也体现了我彼时的实力。由于高考志愿是在考前填报的，所以大家对于未来的去向暂时还不确定。但很快，我就接到通知，要我马上到广州去面试。直到那时我才记起，自己在提前批还报考了一所军校。

是的，就是那所位于河北省廊坊市、现今已更名为中国人民警察大学的武警学院。此前我对它可谓一无所知。我之所以报考它，一是因为提前批志愿不会影响到后面批次的录取，二是这所学校有个听起来好像特厉害的专业,出入境管理。于是,我在填报高考志愿的时候,在提前批唯一报了这所学校的这个专业,并特意标明了不服从调剂。想来,我与武警学院的缘分从那年的五六月间就已结下。

第二天就要去广州面试了,我却发现自己还没有做好准备。此前,我离开家最远的距离从未超过县城周边的地方。省城,那时在我眼里就如天边一般地存在。在盛夏的田间,我一边和家人忙着抢收那已被雨水浸泡的花生,一边盘算着如何去应对这次毫无把握的面试。

父母忙于生计而终日劳碌,根本不可能陪我出行,家里唯一见过世面的只有早我两年上大学的大哥。最后,父母咬咬牙凑齐了两千元钱,叫大哥带着我去广州面试。这两千元,他们的想法是,一半当我俩的路费和伙食费,另一半看看到时要不要打点一下关系。

夕阳西下,我和大哥爬上了开往省城的班车,是那个年代特有的卧铺大客车。我因是第一次乘坐而显得格外兴奋,一路上不停地跟大哥说东道西。那时的高速公路远没有今日这般发达,不少路程还得在颠簸的省道、县道逶迤而行。那天到达广州时已是凌晨两点多钟,这趟行程花了我们大概八个多小时,让第一次坐长途客车的我颇为烦闷。但省城深夜闪亮的灯光以及从未见过的车水马龙还是让我精神一振,在那破旧的旅店内,我甚至瞪着眼睛看黎明的第一缕曙光如期降临而丝毫未觉得任何疲惫。

上午,我给高中的好哥们儿陈永伟打电话说我已到了广州,他耐心地告诉我他所处的位置，随后我和大哥坐公交车去找他。在他位于天河棠下的店里，我受到了永伟热情的接待。他建议我们这两天可以住在他店里，这样第二天到环市东路的广安大厦面试也方便。为此，他还把店里唯一的一间空调房让给我们住。第一次出远门，在那举目无亲的异乡我被友情的温暖感动得热泪盈眶。

面试的日子很快来到。我随排队候场的人群机械地完成着既定的流程，大哥在旁边及时地指点并提醒我面试时一定要沉着冷静，听清楚问题再认真作答，这样才有可能让考官听得懂我那显得颇为蹩脚的普通话。

在一间局促的房间里，我终于见到了面试官。他微笑着示意我不要紧张，让人意外的是他竟然没有提问任何我此前准备好的所有正规的问题，而是像朋友之间的聊天一样，让我介绍自己的基本情况、理想及爱好，是那种一问一答很随意的问题。末了，他问我是否有什么特长。我突然想起身上还带着离家前母亲塞给我的那个资料袋，那里面装着我中学期间获得的各级作文比赛的奖状和证书。于是我掏出来出示给考官，说我比较喜欢写东西。当其时，我敏锐地察觉到考官好像眼前一亮，随后他接过我递过去的资料认真地看了起来。那几分钟当时对我来说实在太漫长了，我不知道接下来将要发生什么。直到考官走到我的跟前，拍了拍我的肩膀说："小伙子，不错！好好准备明天的体检。"

大哥当时给了我并让我见机行事的那一千块钱在我和考官说再见后还静静地放在我的衣兜里，我随汹涌的人流走出那幢大楼，长舒了一口气，心里却说不清是何滋味。那一刻，我只感觉广州的盛夏比老家真是热太多了!

直到后来我才知道,也就是那天,在广安大厦的面试室内,我此后人生道路的方向已大致框定,那个名叫陈俊武,长得高大帅气的武警上尉,记下了我的名字并打算将我招至麾下。据说当天来参加面试的考生多达数百人,最终,我成了那幸运被录取的十八分之一。

大概一周后,就在大多数同学还在为前途命运而惴惴不安的时候,武警学院的录取通知书已到达我的手中。八月中旬,我就开始谋划着如何独自一人跨越大半个中国北上了。由于是提前批被录取,我的名字和众多考入知名高校的同学一道,被吴川一中第一时间张榜公告,亦算是风光了一回。

这就是发生在 24 年前那个夏天里的真实故事。很难说,我走上的这条道路是否就是最佳的选择,但人生没有如果,所有发生的都是正常的,也是合理的。让我感到庆幸的是,在那个对于我来说无比重要的关键节点,我遇到了很多好人,不管是古道热肠细致入微待我如兄弟般的陈永伟,还是秉公办事对我有伯乐之恩的陈俊武老师,我对他们始终怀有深深的敬意。岁月流逝,时空辗转,我们认识、相聚、再别离,多时不见,甚至永难再见,但有些感情,已如琥珀一般,永远埋进了我的记忆长河,它们,每每在河水奔腾翻滚的间隙,会突兀地浮出水面,激起那一朵朵美丽的浪花。

2022 年 7 月 23 日

那年十八

那年刚满十八岁,我第一次独自一人远行。此前,我去过最远的地方,不过是县城的周边,次数也屈指可数。我以那段岁月一以贯之的坚韧和刻苦,演绎着寒窗苦读的真正含义。

天渐渐变黑了,火车就要开来,人头开始攒动,我紧张地拖着行李淹没在人群当中,手里攥着那张小小的火车票,生怕一不留神就消失无踪。我像身边的人们一样,焦急地抬头四看,寻找着属于自己的车厢。

匆忙之中,我隔三岔五地用手摸一摸自己的裤裆。在那里,我正穿着的内裤里面,隐秘地装着一笔六千元的巨款,那是我大学入学注册的学费和大一头几个月的生活费。

最后一科历史考完后,便是对高考成绩煎熬而充满憧憬的等待。经历了难以想象的隐忍和付出,每个人迫切地期待金榜题名。最终的结果,我出乎意料地被廊坊武警学院——一所位于数千里外的北方的军校所录取。

那个暑假似乎忙乱而忧伤,充满着告别和迷茫。八月中旬,在亲友的祝福声中，我手持鲜红的大学录取通知书即将踏上北去的列车。

母亲细心地为我收拾行囊。日常用品、衣物、书籍等被装进了行李箱；吃的和在车上急用的，则用一个简陋的手提袋装着。辛辛苦苦攒下来的六千元现金，母亲始终不放心让我带在身上。临行前一晚，她取出针线盒，小心翼翼地将这些钱缝在我第二天要穿的内裤上，并再三嘱咐我到了学校后才能拆开。

终于找到了自己的座位，我一直兴奋激动的心情稍微平复少许。远处，车站已从拥挤吵闹趋于平静，由窗内望去，送别的身影已不知所踪。

车厢内到处是人，我假装不经意地打量着周边那一张张陌生的面孔，内心则始终暗暗提防着传说中的"坏人"。过道上不时有人来往，我一本正经地坐在自己的硬座上，我的手下意识地又摸到了裤裆之上，那里硬硬的，钱还在！心里总算有了踏实的感觉。

这次我是独自一人上路，身边没有亲人陪着。我不好意思提出要身为农民的父母相送，还信誓旦旦地说要通过这次远行，证明自己已经长大成人。"阿仔，遇到物事，莫使慌张，莫使惊狂，想想我们，再自己努力，无过不去的坎！"临行前母亲的叮咛萦绕在耳边。

我静下来想理一理近期凌乱的思绪。望着车外，大地在倒退着，树木山丘也倒退着，火车渐渐加快了速度，穿过山洞，越过田野，在这明暗恍惚的车厢内，弥漫着一种未知而神秘的气息。

就这样，生活了十八年的故乡，这熟悉的一切，被我抛在了身后。

现在想来，十八岁的经历对每个人来说应该都是弥足珍贵的。就像是干旱的土地对雨水滋润的渴望，因性命攸关而不可怠慢，由于稍纵即逝所以倍加珍惜。怀揣着青春的激情以及对未来无限的向往，心义无反顾地闯入独自行走的天空。这是怎样的一种感觉？仗剑走天涯，抑或是孤身走我路？

犹记得离家之前，家里的那条老黄狗追在我后面不停地叫唤，摇头摆尾地舔着我的鞋子。那时母亲正挥汗如雨地进行着辛苦的劳作，她甚至没能抽出时间送我上车。该说的话之前已重复过无数次，预想中及不可预知的种种情形则只能留待日后我独自去面对了。

天格外蓝，暴烈的阳光狠狠地笼罩着大地，我犹豫地挥了挥手，心怀忐忑地踏上了行程。

火车到廊坊站已是黄昏时分，车上的乘客所剩不多，城市的霓虹灯次第亮起。横跨数千里地后，我终于到达了这座热望中的北方城市。此时，经过几十小时汗液和尿液沾染、牢牢地缝在内裤上的那六千元现金，由于无数次的摩擦磨合，早已贴合着我的身体，让我浑然不觉任何不适。

我拖着沉重的行李箱走下了火车，听到了身后火车启动后逐渐远去的声音，仿佛蕴含着无限的哀愁。走出站厅，我就近找到了一部公用电话拨通家里的电话，告诉母亲我已安全到达，当然，还有内裤内那六千元也是安全的。母亲在电话那头笑了起来。

  车站的出口，我远远地看到了学校接站的提示牌，以及提示牌下笔直站着的军官。经过短暂的交流，他们把我领上了汽车，随后载着我驶向学校。在那里，我将开启此后四年波澜壮阔的青春……

2015 年 4 月 23 日初稿
2020 年 12 月 11 日定稿

仲夏忆祖父

端午节给父母打电话，母亲在电话里说："去年过节你爷爷还跟我们一起吃饭，今年却只剩下我和你爸了。"言语间满是落寞……

去年农历五月初九，祖父在吃完早饭后不久即溘然仙逝，享年九十有三。那季节特有的酷热，他没有带着任何病痛离我们而去，在父亲怀里永远地闭上了双眼，算得上寿终正寝。犹记得几年前，在他九秩晋一的生日宴会上，我们还相约到他百岁寿辰再共聚庆贺。然而，长命百岁终究只是一个美好的愿望。我们感到遗憾的是，祖父离去时竟没有留下片言只语。彼时，他的大部分儿孙都在外地，没能伴在他的身旁。想来祖父真是有福之人，他不拘小节、无牵无挂、坦荡从容地离开了这个人世间。

祖父的一生是劳碌的一生。生于旧中国那乱世的卑微之家，先后生育一女六子，经历的各种苦难不言而喻。说实话，那一大家子人能够历经那些特殊岁月而平安地活下来都不容易。

所谓靠海吃海，与生俱来的渔民身份，让祖父从很小的时候就开始承担着养家糊口的重任。风里来雨里去，在天气预报不够精准以及渔船技术落后的时代，出海捕捞是需要冒极大风险的。但祖父没得选择，必须要靠自己的双手谋求生存。

改革开放后，为增加家庭收入，祖父开始挑着那副装有大海新鲜渔获的渔篮担，走村串巷，脚板几乎踏遍了吴川的每一块土地。今天再回看，这些可能是父辈无法抹去的苦难记忆，这样的奋斗和拼搏，应该算作中国老百姓最纯真、最质朴的本性了。

祖父一生勤劳、忠厚老实，在我的印象当中，他好像从来没有发过脾气。把众多儿女拉扯长大，中间一定也经历过各种各样的艰难困苦，但祖父默默地承受着这一切。他讲话不紧不慢，遇到难题时总喜欢挠挠后脑勺，然后呵呵一笑，那些所谓的难题，似乎也在他的云淡风轻里迎刃而解了。

祖父最喜欢和我聊天。我记得，从我上军校起，每个假期回家，他都会询问很多关于我学习、工作的相关情况。一辈子很少出远门，没有见过大世面的他，对自己的孙子能够穿上了军装感到无比自豪，在镇上每每遇到他的朋友几乎都会说道一番。我大学毕业后，祖父还破天荒地特意到珠海来探望我。那时，我正在拱北口岸工作，他对澳门和珠海一水之隔这事儿很感兴趣，嘱咐我一定要守好国门。那次与祖父在异乡同游、同吃、同住的难得经历，成了我难忘的珍贵记忆。

祖母在 2002 年就因病去世，她似乎把所有的福气都留给了祖父。尽管在没有老伴儿的情况下，走过了将近 20 年，但祖父应不会觉得孤单。他儿孙绕膝、四代同堂，所谓家有一老、如有一宝，日常每个后辈对他都尊敬有加，逢年过节大家更会通过不同的方式来表达孝心。即便祖父在 70 多岁时因病摔倒而导致腿脚不便，子孙们也是在衣食住行上想尽办法，努力让他过得开心且有尊严。去年祖父离去时，他的身后一共留下了儿女 7 人、孙辈 20 人、重孙辈 11 人。

我最后一次见祖父是在去年的清明节假期，那是他离世前的最后一个春天。我把自己刚刚出版的新书《兵锋》带回去送给他，他一边小心地抚摸着书的封面，一边认真地听我念着书里的内容。当听到里面那篇《在放牛的日子里》时，他脸上露出了欣慰的笑容……

我和祖父的祖孙缘分只持续了 41 年。去年仲夏的那个深夜，我随大伙儿为祖父送行，看着他被那泥土一寸寸地吞噬，汹涌的泪水再次夺眶而出。我知道，从此之后我将永远失去了祖父，这个曾伴随我走过童年、少年、青年甚至中年的男人将回归自然、化作尘泥，今后只能出现在我的记忆之中。但我对祖父的怀念，也一定是永远的。不管他去了哪里，田野、大海抑或天国，他都始终活在我的心里！

2022 年 6 月 17 日

在写作中奔跑

广东省作家协会2022年新发展会员名单公布了,我的名字赫然在列。在经过多时的期待之后,我终于如愿迈进这个行列。

此时此刻,我甚至有点恍惚。作家?我真的算是吗?

多年来,尽管我一直在坚持写作,但是对自己的文字并没有多大信心,充其量只自认是一个文学爱好者。即便在各级报纸、刊物上也陆续发表过一些东西,可那种常态化的谦卑、内怯心态始终未曾改变。可以说,这样的一种状态,既是我的鞭策,亦是我的动力。

多年以前,我突然想明白了一个道理:人活着,就要活得有意思一点。怎样才能更加有意思呢?人生短短几十年,总得有点爱好吧!有的人喜欢抽烟,有的人喜欢喝酒,有的人喜欢打牌,有的人喜欢钓鱼,有的人喜欢旅行……而我,则在文字当中找寻到自己的方向,那就是写作。

尤其是智能手机普及之后,碎片化阅读以及自媒体时代的到来,人们不必囿于书斋或学究,而让随时随地的写作成了可能。

很多时候，那种突发灵感而马上记录下来的文字更加闪烁着智慧的光芒。对于我来说，多年来，把那些支离破碎的语言像珍珠一样串联起来，将一地鸡毛的思绪像舞台一样搭建起来，让许多是非恩怨、喜怒哀乐尽情地记录下来……这些东西很多时候就构成了我微信朋友圈的状态。这是一种展示，更是一种监督。

把心放静，永远充满热情去生活、读书、奔跑和写作。无数个深夜或者凌晨，我随意调用文字，随意记录一切悲欢，随意感受如歌的诗行如何准确地铭记时空的界限，自己俨然成了一个文字的瘾君子。

正如作家余华所言："多年的漫漫长夜和那些晴朗或者阴沉的白昼过去之后，我发现自己已经无法离开写作了。写作唤醒了我生活中无数的欲望，这样的欲望在我过去生活里曾经有过或者根本没有，曾经实现过或者根本无法实现。我的写作使它们聚集到了一起，在虚构的现实里成为合法。多年之后，我发现自己的写作已经建立了现实经历之外的一条人生道路，它和我现实的人生之路同时出发，并肩而行，有时交叉到了一起，有时又天各一方。"

因此，我现在越来越确信——写作有益于身心健康。如同奔跑是身体潜能的唤醒一样，写作也是智力得以开发和提升的一种有效方式。当现实生活中无法实现的欲望，在虚构生活里纷纷得到实现时，我就会感到自己的人生正在完整起来。写作使我拥有了两个人生，现实的和虚构的，它们的关系就像是健康和疾病，当一个强大起来时，另一个必然会衰落下去。于是，当我现实的人生越来越贫乏时，我虚构的人生已经异常丰富了。

鱼游浅底，鸟翔高空。多年来，我庆幸自己一直没有放弃对文学的坚持，文学给了我善良、坚韧，还有勇气。我生活在那些转瞬即逝的意象和活生生的对白里，生活在那些妙不可言同时又真实可信的描写里，在文字中融入阳光、雨露和自我的气息，让笔下的人和事得以具有真切细腻的现实肌理。

我又记起了二十多年前那个十分炎热的夏季，母亲在送我踏上北去的班车前对我的叮咛：一路走，莫回首，用好自己的笔头！

2022 年 8 月 25 日

父亲的单车背

春日的午后,我用一辆单车带着女儿在海边蜿蜒的情侣路上骑行。轻柔的风中,女儿在车背上不时发出银铃般的笑声。我知道,这个时候的她一定是开心、快乐的。此情此景,让我不禁想起了三十多年前的一些往事。

20世纪80年代中期,在粤西海边那个闭塞的小渔村,父亲终于拥有了自己的第一辆单车。那时候的单车在农村还算是个稀罕物,父亲之所以花"巨资"购买了这辆单车,主要是作为渔民的他,每天需要将新鲜的渔获产品在第一时间送到镇上的市集去售卖,单车无疑是最佳的选择了。看着这辆二十八吋的"永久"牌单车,我们全家人都由衷地感到高兴,不仅因物以稀为贵,更因为无论是骑着还是坐着,这辆车都显得非常"拉风"。

父亲更是小心翼翼地呵护着他的"坐骑",定期对它进行维护、保养,单车出现的一丁点异响也会让他检修半天,想方设法排除隐患,力求单车性能的最优质化。除了完成日常作为"生产工具"的任务外,这辆车还成了家里人方便快捷的"交通工具"。

为了让我们能在车背上坐得更舒服点儿，父亲想办法做了一个舒适的坐垫安装在车背上。从此，坐在父亲的车上，我时时得以见识到那个年代特有的朝阳落日、斜风细雨、乡村邻里、市井阡陌……

我清晰地记得那是冬天里的一个深夜，六岁多的我突发高烧，不停地打着冷战。在试过很多退烧降温的"土方法"无效之后，父亲决定带我到镇上的卫生院去看病。母亲抱着我坐在单车背上，父亲则用尽力气稳稳地踩着那辆单车。头顶上有清冷的月色，一路上冷风在吹，我们一家人焦急地奔走着。在这样的深夜，因为有了这辆单车，因为有了父亲的决断和付出，我能够被及时送到卫生院进行就诊。那时候，打针的我虽然号啕大哭，但满身汗水的父亲却如释重负地笑了出来。

更多的时候，我坐在父亲的车背上是一种快乐的体验。无数个黄昏，我会早早地来到村口的土地庙旁等候着，等候劳作了一天的父亲，用他那辆单车捎我回家。尽管路程不长，但我已感到深深的满足。在父亲的车背上，看着父亲熟悉的背影，我会莫名地感到幸福、快乐、安全和踏实。逢年过节，父亲还会载我到镇上去添购年货，穿街过巷，走走停停。在那个物资匮乏的年代，父亲以力之所及，尽可能地满足了童年的我们的各种需求。

长大后，父亲的单车背日益成了我记忆深处难忘的一部分。上大学后的第一个寒假回家，我发现父亲的"坐骑"从单车换成了摩托车，这是一种效率更高且更加便捷的交通工具。而那辆在我家服役了十多年的"永久"牌单车，则静静地停靠在院子里的一个角落。父亲说，平时已很少用得到它了。风霜捶打，再加上缺少维护，那单车已显得甚为破旧，车背上更是锈迹斑斑。我的鼻子不禁一酸，为这辆曾带给我无数快乐及忧愁的老单车，也为那些逐渐远去的年华……

前年暑假，父亲从老家到珠海探望我的时候，我和他走到海天驿站，特意租了一辆双人座的单车骑了一段路。父亲在前，我在后，我在努力寻找着当年坐在父亲单车背后的那种感觉。可遗憾的是，我发现再也无法回到从前！父亲的背影仿佛已没有了当年的高大、伟岸，父亲的鬓角已满是白发，他扶着车把和蹬踏单车的力量甚至已不如我强劲有力了。骑了不长的一段路过后，父亲已显得气喘吁吁，只能停歇下来。我们坐在如茵的绿地上，一起谈论着在家乡曾经经历过的那些点点滴滴。

如果说岁月的流逝，让我越来越懂得父子一场的真正含义的话，那么它留在父亲身上的印记将会是一种越来越无情的残酷。我唯一能做的，就是继续通过自己的努力，让父亲、让女儿、让身边所有的至亲，能够体面地活着，并真切地生发出当年如我一般坐在父亲的单车背上的那种幸福感！

和童年和解

逼仄的房间内，白炽灯"滋滋"的声音清晰可闻。大白天里，在短暂的沉默过后，小孩子哇哇的哭声再度响起，哭声里充满着痛苦、伤悲甚至绝望，那是被恐惧所支配的号啕大哭。大人的安慰在那时根本无济于事，能让哭声小下来的只有时间。当刺痛屁股的针眼在医用酒精的作用下渐渐愈合后，抹干眼泪，这一轮的看病流程接近了尾声……

这是 20 世纪 80 年代发生在镇上一个赤脚医生诊所真实的一幕。这间名为"阿新诊室"的诊所位于镇上最为繁华的十字路口一侧，那个外号"长脚新"的医生是诊所唯一的医生，据说以前曾在镇卫生院干过，后来因违反工作纪律被开除了。出来单干反而让他因祸得福，因为流程相对简单，以及四乡六里的好口碑，看病的人经常让阿新诊室门庭若市，而我那时候就是这里的常客。

长脚新有着鲜明的外貌特征，他左下巴有一颗让人难忘的黑痣，痣上长着一根长长的毛。我不记得他当时的具体年龄了，印象中应该是比我父母略大，如果是的话大概就是四十岁上下这样子。他穿的白大褂经常性敞开着，这样就很容易让人看到他里面穿着的白背心，以及背心左胸前印着的"先进医务工作者"弧形字样。那件背心估计有一定年头了，好像还破了两个洞，长脚新肯定很看重这件代表着荣誉的旧背心，几乎每次都会穿着它出诊。事实上，来阿新诊室看病的人也很多，其中以五六岁左右的小孩儿为主，长脚新俨然成了镇上的"儿科专家"。

我对长脚新之所以印象深刻，主要是因为他曾无数次在我的屁股上扎过针。他那因酗酒而经常涨红得如同猪肝色的脸庞，一度成为我童年里挥之不去的梦魇。

从我记事起的三四岁一直到快小学毕业，我曾在父母的引带下多次到过阿新诊室。父亲骑着自行车带着万分忐忑的我，从家里出发不到半个钟头即可到达那里。感冒发烧、流感咳嗽、头痛头晕，很多病症在父母看来无能为力，到长脚新那里却往往能药到病除。

看病的人群通常由小孩儿和陪着小孩儿的父母构成，每个小孩儿会派到一个号码，按号排队，一个上午通常能派出十几个号。长脚新这个时候会显得异常忙碌，首先对病人望闻问切一番，在他眼里一切症状好像都不是问题。只见他在一张发黄的纸笺上以别人完全看不懂的字体开好药后，就亮出了他的拿手绝活：打针。

长脚新熟练地拿起针管，掀开一个白色铁盒的盖子，铁盒里面一头装着消毒药棉，一头装着为数不多的几根针头。这些经过消毒后的针头是可以反复利用的，个别针头由于使用频繁针尖处已没那么锋利了。长脚新用镊子夹起一根针头对着针管怼装了上去，接着就打开装着药水的药瓶，再用针头将药吸进针管内勾兑好后，所有准备的工序基本完成，下一步的目标就是小孩子的屁股了。

经常地，我都犹豫着到底是亮出左边屁股还是右边屁股好，到了这里，长脚新会有片刻的等待好让你作出选择。他先用药棉在要注射的位置上涂抹几下，接着就以快准狠的手法一针扎到位，之后缓慢地操作针管的活塞，把那二十毫升左右的药水注进你的体内。整个过程描述起来貌似复杂，实际上也就持续了分把钟。这分把钟对于被扎的小孩儿来说，却仿佛是几个世纪一般的漫长。没有几个小孩在这种情况下能忍住不哭，那些年龄稍大点的，听从父母劝告而死死忍住不让眼泪掉下来的，通常会被大人夸奖一番，有时还被竖起大拇指称之为"勇敢！好样的！"

被扎完针的屁股，到了晚上睡觉前还隐隐作痛。母亲会体贴地拿来热毛巾给我敷一敷，这样一定程度上可以减轻疼痛，让我得以在祈祷中入睡。因为我知道，如果第二天病情不见好转，那受伤的屁股还得接受长脚新的继续检阅。

长大后我曾问过母亲，小时候为何自己的身子骨会那么弱，总是要去看医生？母亲说起这个话题，每每都会唏嘘不已，她说我刚出生那几年不是这样的，养着养着后来就变了。有什么风吹草动都少不了我那份儿，经常不是感冒就是发烧，这样的状况持续了好多年，有时说着说着她甚至会哽咽起来……

我知道这个问题是无解的。我们兄妹三人，大哥和小妹身体都很健康，小时候几乎没怎么生过病，唯独是我，让父母操碎了心。我童年时正是改革开放之初，社会百废待兴，我的父母都是传统的农民，解决温饱从而让家人平安健康地活下去是他们最朴素的愿望。而因为我那孱弱的身体，一方面花费了父母大量的血汗钱，另一方面也让他们夙夜兴叹、寝食难安。多年以后，当我也做了父亲，我才更深地体会到父母当年的不易。

那些被大量注射进我体内的抗生素，以及那被反复利用扎进肉体的针头所带来的刻骨铭心的痛感，好像离我并不遥远。这个夜晚当我在灯下回忆起三十多年前的种种，仿佛还历历在目。很多时候我想，那其实已经是我在那个年代所能接受到的最好的医疗了。爱酗酒的长脚新大量使用抗生素让病人在尽量短的时间内康复，显得比其他赤脚医生高明不少，也让自己赚得个盆满钵满；那些因小孩患病而忧心忡忡的父母，或因忙于生计而疏于看护，或因缺乏最基本的医学知识，只能盲目听信于所谓的儿科专家，让自己最亲爱的人接受今天看来并非最合理的处置。

直到上了初中，随着青春期发育和体育锻炼的增加，我的身体才慢慢好了起来。我将毛主席的名言"文明其精神，野蛮其体格"作为自己的座右铭，从而将伴随多年的药罐子彻底地丢弃了。及至后来，我上了军校，当了警察，在强身健体的路上笃行不怠、乐此不疲，因为我清楚地知道，身体是革命的本钱，身体如果搞不好，一切都会归于零！

多年后，当我再回到镇上，发现阿新诊室已不知所踪，听人说，长脚新喝酒过度，有一年因血压过高抢救无效而不幸走了……

在车水马龙的十字街头，我不禁仰天长叹，一滴泪水，此时悄悄地滑落眼角。

2023 年 2 月 14 日

番薯记忆

得知小孙女儿喜欢吃番薯,父亲在电话里表示要从老家寄过来一包给我们。

我推辞说不用,现在城市无论是农产品市场还是超市里面都有得卖,那些长相乖巧、个头匀称的番薯,一根根被收拾得整整齐齐,有的甚至被包好置于保鲜盒子内,然后在外面贴上高价标签,被城里人当成零食一样去品尝。

但很快我们就收到了父亲托人捎来的一大袋番薯。那天晚上,番薯成了我和女儿主要的晚餐。就着一大碗稀粥,嚼着兀自透着家乡泥土气息的番薯,我不由自主地想起过往的一些事儿。

二十世纪八九十年代,番薯因无地不宜的优良习性,成了粤西农村乡亲们的种植首选。在改革开放之初那个物资相对匮乏的年代,番薯不仅成为乡亲们主要食粮的有益补充,甚至还是他们当时家中唯一的农业经济作物。

每年农历的二三月间,当春意渐浓时,父亲便赶着家中的那头老黄牛下地了,通常一个上午便能犁出数亩田。随后进行垄地，大人用钉耙把翻松过的泥土聚成一条条土垄。伴着霏霏细雨，将事先准备好的"番薯种"——一段四五寸长的番薯苗插到土垄上并斜放压好。栽番薯的工序基本完成，番薯的生长季由此正式开始。

日子一天天过去，地里的番薯藤不断生长、蔓延。期间，除了偶尔的施肥和浇水，要做的事情不外乎给番薯松松土。很快，番薯繁衍的枝叶便密密地覆盖住整片土垄。在夏日黄昏的斜阳下望过去，番薯地里一片墨绿，有风拂过，一道道碧痕缓缓地从地的这头向另一头荡漾开去。偶有番薯花开在肥硕的番薯叶柄处，白中间紫的花冠犹如喇叭花一样在墨绿的枝叶间随风摇曳……

随着番薯藤叶日益茂盛密实，为避免纠缠生长，翻藤和割藤的工作必不可少。把一些多余的番薯藤割掉，粗枝大叶的可以给猪牛吃，嫩绿的番薯叶尖则可以摘下来做菜吃。这些嫩叶以及剥了皮的茎干散发出新鲜的气息，拍瓣大蒜并以猛火炒熟，吃起来格外清新爽口。

临近秋冬便到了收获的季节。那时由于父母工作忙，掘番薯一般选择在周末或者节假日，这样一家大小都可参加。到了地里，通常先开始割番薯藤，将好的苗叶拣出来扎成捆，送回家后由母亲用刀剁碎煮熟腌缸，作为猪的饲料。其他的藤叶则从地里挑回，成为在天气不好时牛的口粮。俗话说的"番薯全身都是宝"，由此观之，一点也不为过。

割去了番薯藤的地垄上只剩下一茬茬番薯藤头，切口处冒着白色的浆。大家在垄畦间来回忙碌着，地上则四处散落着枯萎的、被踩烂了的番薯叶。这个时候,掘番薯无疑是兴奋的过程。按着番薯藤头轻轻一扯,就可以把一根根大小不一的番薯一连串拔出土来,满是丰收的喜悦。唯一让人不爽的是,番薯苗的汁液干了会变黑且不易清洗,染成黑黄色的手指往往要洗刷很多次才洗得干净。

挖出来的番薯一担担地被挑回了家堆放在院子里。根据口味的不同番薯大致可分为三种:甜的、香的、绵的,而这三种口味大多情况是夹杂在一起的。大人会根据口味的不同而决定番薯的去处:较甜的会直接煮熟来吃,所谓"一斤番薯三斤米",每逢下午放学归家,最好的选择就是从锅里弄出几根大番薯充饥;较香的会刨丝晒干再熬煮,那也是特别的日子里难得的美味;较绵的则会留着制作番薯粉。

那时候最喜欢看父母制作番薯粉了。把选好的番薯放在大箩筐里用水冲洗干净,送到那走村串巷的流动磨坊磨烂成稀泥一般,然后挑回来用大脸盆或木桶加水搅匀。大人一瓢瓢地把这些白色的浆水往漏网里倒,随着漏网的摇晃,浆水从漏网下流到盆里、桶里。滤过的浆水在盆里和桶里慢慢澄清,再把上面的水倒掉,就剩下沉淀在底部的淀粉。随后,将淀粉晾晒干则成了番薯粉。

要说这番薯粉的功用可就大了!既可以是平常做菜时用来勾芡的番薯芡粉,还可以在盛夏时节煲成祛暑降火的糖水来饮用,而且年头越久其降火的功效越明显。当然了,番薯粉最大的好处则是经过一番复杂的搓揉捏切后,制作成粉条和粉皮,成为美味的菜肴。小时候最喜欢吃那新鲜的番薯粉皮，加上豆芽或韭菜，和着新鲜的番薯粉皮用猛火炒出来。混合着新鲜蔬菜清香的番薯粉皮，即便没有加肉片也可以干它两大碗！

  番薯的栽种、收获及食用，自始至终伴随着我的童年和少年时代。那时候的生活虽然清贫却不以为苦，虽没有大鱼大肉，油水不多却身康体健。多年以后，不管是在北方冬夜街头踯躅前行再三犹豫后买的那根热气腾腾的"烤地瓜"，还是在酒楼包间故作斯文地剥开那被当作餐前小食端上来的"五谷丰登"，虽然还是那长相相差无几的番薯，但我却再也难吃得出从前的滋味。

2019 年 9 月 15 日

从一张照片中追忆似水年华

秋天的夜晚，我在灯下偶尔翻出一批早期的照片，其中有一张是在那年军训后不久照的，照片中的我已穿上了春秋常服，橄榄绿那种老式制服。应该是在国庆节之后吧，或者当时还是个周末，这个我已经记不清了，当然也忘了这张照片到底是谁帮我照的。

事实上我还是挺喜欢照相的，帮别人照，或让别人照我。虽然长相一般，但总感觉在留影的那一刻，定格了时间和空间，让若干年之后，依然可以留存许多有意义的念想。

照片上，我站在母校的第十九栋楼前，北方那独有的白杨树高高挺立着，成排的柳树枝繁叶茂，秋日的阳光透过树的裂隙斑驳地打在我的身上。经过三个月的军训，我跟暑假时相比已经变了个模样。照片中的我虽略显青涩，但眼神里分明透着坚定。

是的，那时候我已开始知道，此后那几年等待着我的不可能是风轻云淡，这有别于其他地方大学的历练，会将我带向何方？那时的我是根本没有把握的。近一百天来我所见到的和经历的，颠覆了我之前所有的认知和想法，我经常为此而惊讶、迷茫甚至沮丧。但我还有退路可走吗？在当时，答案无疑是否定的。

　　翻阅着那些照片，我的记忆慢慢复苏了。随着从故纸堆翻出来的日记的佐证，我记起来，那是 1998 年 10 月底的一个午后。在那个胶卷相机主宰的年代，这样的留影尤其珍贵。这张照片，后来曾多次随着那一封封信件，寄到那些散布在各地的高中同学或朋友的手中，当然，也包括我的初恋女友。他们在回信中，对于我身穿制服的形象表示了由衷的赞叹。由此，我对那时的际遇，竟生出几分悲壮之情。那么，既来之，则安之吧！有句歌唱得好：他说风雨中这点痛算什么，擦干泪不要怕至少我们还有梦……

　　悲壮和挣扎在此后的日子里如影随形。学校里很多让人不可思议的规定和要求，甚至时隔多年之后我都怯于再提起。他们说，这所有的规定和要求都是代代相传的，很多前辈和先贤也是这样完成了蜕变，你只要好好地遵守、执行和落实，那么一切都会好起来的。时至今日，你不能说那些条条框框以及一些人为的虚耗有多么荒唐，它们的存在自有其合理之处，但那时的我一度感觉无所适从，每天都是被动地被裹挟着举步向前。

　　但人之所以为人，其可贵之处正在于适应性。在看清楚周围的环境后，我决定在这魔幻的现实和骨感的理想之间去寻求一个可能的平衡点。秋冬时节，我在燕赵大地那日渐阴冷的风中自我封闭起来，思想在自己的世界里飘忽不定，我小心翼翼地经营着那段在当时感觉足以地久天长的爱情，借此慰藉自己那颗驿动的心。

至今我还记得那些日子里的期盼和渴望。无数个黄昏或夜晚,我捧着那一封封经过万水千山辗转到手的信,如饥似渴地阅读着那上面的文字,满满的都是爱和被爱的感觉,那信纸上散发的淡淡的芬芳,成了那段岁月里最真实的记忆。

我把自己幻想成苦行僧,计算着那些特殊的日子,孤独、寂寞、无聊、无奈……负面的情绪无时不在,但我必须坚强地挺住,因为这是一个注定无法逃避的过程。我慢慢地学会了改变自己,如何改造得更加彻底?我又开始观察起周边来。他们似乎都过得很不错啊,既然这样,我相信自己也能具备比他们更坚强的意志和韧性。不就是比抗造吗?来吧!哪怕拼得只剩下最后一口气,我也绝不能输给别人。

时隔多年,我还能如此真切地把那时的情感复述下来,离不开那段时间里持之以恒的文字记录。事实上,我对文字的敏感,很大程度来自那些年的日记锻炼和情书书写。那一行行如水的文字,尽管稚嫩,却是天然的诉说,它们兢兢业业地铭记下了那个十八岁少年(或青年)的本心。

遗憾的是,我的初恋如许多现实故事一般最后都走到了无言的结局。而我在滚滚向前的时代洪流当中也迎来了命定的生活。二十年来,每当我有空回头,那些让我躁动不安和充满幻想的旧时光总会飘然而至,我的脑海里经常掠过那一张张紧张、呆板、忧郁、憔悴的脸庞,那就是过去的我。二十年来,我已经历过这人世间该有的经历,或兴奋,或失落,或高兴,或悲伤,但那段梦幻般的岁月始终在提示和警醒着我，要始终保持一种奋发的姿态，那就是坚强且幸福地活着。

  这样的夜晚，我对着一张老照片，回忆着老故事的每一个片段和细节。让我意外的是，所有的往事好像就在昨天，它们如那疾驰的列车轰隆隆地开过，显得无比清晰。岁月啊，就这样把我的青春、我的爱情、我的喜怒哀乐悄悄地带走了，连再见都不讲一声。

  窗外，此刻暴雨如注……

2022 年 8 月 14 日

最后一次海难

十一岁那年夏天的一个午后，后来无数次出现在我的记忆当中。

那时我还在上小学五年级，粤西吴阳，学校就位于离海边不到一里地的一个村子内，村子叫同发村，学校叫同发小学。

下午放学，我像往常一样背着书包欲走出校门，却发现学校门口广场的空地上满是惊慌失措的人，甚至还听到女人的哭声，那是一种让人莫名悲伤的号啕大哭。我向周围的人一打听，原来是死了人了。

附近村庄出海捕鱼的船遇上了海难——沉船，一船八个人死了四个。

四个活生生的青壮年劳动力，四个家庭的顶梁柱，就这样没了。

一旁的广来庙也涌进了许多人，大多面露焦虑神色，在广来菩萨前烧香磕头，不断地喃喃自语……这间平时作为同发小学学生们课余乐园的庙宇，此刻已弥漫着无限忧伤，庙旁的那株硕大的榕树上，知了在拼命地不停嘶叫。

四个死掉的人，只有三个找到了尸体，尚有一具尸体不知所终。这户未找到尸体的人家的家人，哭得最是厉害，有个哭得撕心裂肺的女人，应该是死者的妻子，年龄约莫四十岁，凌乱的头发在盛夏的浮躁中四散飘荡。

哭声，那让十来岁的我心生莫名恐惧的哭声，迫使我不得不拔腿就跑，一口气冲了好几百米远，一直到冲出了同发村，我才气喘吁吁地放慢了脚步。

海难对于少年的我，其实并不陌生。小时候，我就听爷爷说过，他的爷爷就是在一次海难中没了的。爷爷的奶奶不久后改嫁别处，留下年幼的儿子，即我的曾祖父在村中孤苦伶仃，靠着吃百家饭才长大成人。这些大概是民国初期的事了。

所谓靠海吃海，生长在海边的人，靠着大海活下去是天经地义的事情。到海里打鱼，留下些普通的自家吃，好点儿的鱼都拿到集市去卖，换钱了。这种靠渔获维持生计的生活方式，在父辈之前，不知已延续了多少年。

同样，爷爷和父亲也都是渔民。因为要养活一大家子的小兄弟，身为长兄的父亲在十三岁时即辍学回家，跟着爷爷出海捕鱼以补贴家用。父亲曾多次提起过他第一次跟爷爷出海的情景，当时他被大人抱着上了船，渔船在海里颠簸了快一天，他吐得一塌糊涂。不过到了第二次就好多了，很快，父亲也成了村中打鱼谋生的一把好手。

很难想象，在那些艰苦的岁月里，父辈们对于大海的感情到底有多么复杂。一方面，它是家里经济收入的主要来源，是那个年代里最大的生活依靠；另一方面，它却喜怒无常，人在它的面前显得无比渺小和卑微，有时甚至可能会丧命。

在我童年的印象中，父亲对于大海有着诸多堪称迷信般的虔诚。比如，他不允许子女吃饭时对着饭碗吹气，即便饭菜再烫也不行；吃鱼时翻鱼只能由他来完成，小孩子不可乱动；每月初一、十五都会拜神，大获渔财是每次必提的祈愿……父亲在海里捕鱼的时间持续了二十多年，一直到20世纪90年代才转型成了一名鱼贩，从此告别了风里来浪里去的独特的拼搏奋斗。

今时今日，气象部门根据卫星云图所播放的天气预报已经很准确了。但在几十年前，这一切是不可能做到的。祖祖辈辈们更多的是靠肉眼观察天气变化趋势，凭经验来判断第二天的天气状况，更何况，因为洋流异动的因素，大海本身也是变幻无常的，因此，即便和大海打了一辈子交道的老渔民们也会有看走眼的时候，海难也就不可避免。

从同发村回我的村子有好几公里的沙路，中间需要经过一片乱坟岗，据说，那里埋葬的有历次海难的遇难者。那些一个个隆起的坟堆，我不知道到底哪一个葬着的是夭折的冤魂，他们，曾给自己的家人带来过几多悲伤甚至绝望？从四年级一直到六年级毕业，我曾无数次在白天或者夜里经过那里，那天黄昏的见闻却让我异常慌乱，差点走错了回家的路。

所幸，从那次海难过后，我再也没有听说过四乡八邻关于海难的任何不幸的消息。随着改革开放的推进，天气预报的精准化，乡亲们工作及生活方式的多样化，因出海打鱼而死之的概率逐渐微乎其微。想来，这不光是人民之福，亦是国家之幸。

2021 年 3 月 24 日

过 年

不知不觉中，又到了要过农历新年的时候。

腊月二十四，是南方的小年，父亲在电话里说，今年叔叔家杀了一头猪，一大家子人开了足足四桌，大伙儿大口吃肉，大碗喝酒，好不快活。遗憾的是，我因为工作无法回去，也就错过了那让人垂涎欲滴的"年猪宴"了。

印象中，粤西老家的乡下，小年一过，家家户户就进入了迎接春节的"最佳"状态。在外打工的人们陆续返乡，一家人热热闹闹团聚，白天大扫除、购年货，大家有说有笑、分工合作，晚上围坐在一起吃饭，分享着这一年当中的种种经历，商量着这个年应该怎样好好地过。

既然是过年，自然就得聊一聊有关吃的。

民以食为天。柴米油盐酱醋茶，老百姓开门七件事，哪件不是和吃息息相关？

中国人过年的仪式感，很多时候就是从准备一大桌子可口的饭菜、一家人开开心心地吃上一顿团圆饭开始的。

童年时最盼望过年，能吃上平时难得一见的好东西无疑是重要原因之一。

二十世纪八九十年代的粤西小渔村，各方面物资还比较匮乏，然而那里最不缺的就是海鲜了。今日在城市的海鲜酒楼里被高价出售的那些鱼虾蟹贝，在那个年代却并非乡亲们的稀罕之物，只因但凡海鲜都富含蛋白质，而肚子缺乏油水的人们更加需要的却是像鸡鸭和猪肉那样的脂肪。

在广东有一种说法：无鸡不成宴。过年的时候，那只被母亲用心养了快一年的肥阉鸡也就走到了生命的尽头。烧上一大锅开水，把拔毛杀好的鸡整只煮熟后捞起，首先由父亲端着去拜神。彼时，那只尚保持着完好体型并高昂着头的鸡被一只盘子盛着放于神台之上，金黄色的鸡皮泛着诱人的光泽，那串熟透了的鸡下水被均匀地摆放在鸡身两侧，让在下面顶礼膜拜的人们垂涎三尺。

拜神仪式结束后，鸡肠、鸡肝、鸡肾等这些今日被视为高胆固醇代表的鸡下水，通常会在第一时间被大家瓜分完毕，那真的算是那个年代难得的美味。父亲会在切鸡的时候特意保留下两只完整的鸡腿，当作正餐时家里老人或者小孩的专属。时至今日，我对鸡腿还保持着一种莫名的神圣感，不得不说是那个特殊年代所铭刻下来的印记。

那些还在为温饱发愁的岁月里所经历的种种，其实离今天并不遥远。有时想想都觉得不可思议，也就是 30 年左右的时间吧，对于中国人来说，吃饭不仅不再是问题，如何吃得好、吃得健康、吃出花样才是最需要考量的因素。这不光是一个家庭的缩影，也是国家之幸、时代之幸。

小的时候盼着过年，成年后却一度厌倦过年的烦琐与程式。但如今，在这癸卯兔年新年来临之际，我又仿佛回到童年，回到粤西的乡下，怀想着洋溢着浓浓乡情的家长里短，怀念着那份散发着无限亲情的烟火气息。单就"春节"这两个字，都会让人揣着无数的期盼，似春花烂漫，有充满希望、蓄势待发的感觉。

遥远而温情的童年时光，那一刻如吉光片羽般次第浮现眼前。于是我想，一个人的味觉记忆也许是最难改变的吧，那深入到骨子里的遗传因子，纵使时光匆匆，人来人往，却永远不会改变。就如对春节的感情，在中国人的心里，那是一种文明、一种象征、一种生生不息的传承。

新的一年，照常会有愿望要企盼：心底有热爱，脚下有力量，要以赤子之心对待生活，踏实、通透地过好每一天；继续坚持奔跑和写作，以汗水浇灌岁月，以文字温暖光阴，让平凡的日子过出不平凡的劲儿；善待身边的亲人和朋友，在精神的世界里彼此照亮，一起踔厉奋发、携手前行……

2023 年 1 月 16 日

这样的日子

天刚蒙蒙亮我就出发了。外面飘着雨丝,冷风拂面,像往常一样,我将奔赴七十公里外的西区,去开始海港忙碌而充实的一天的执勤工作。

今天一定有所不同!因为今天是1月10日,第三个中国人民警察节。

就像8月1日之于人民子弟兵,9月10日之于人类灵魂工程师,1月10日,也一定是一个让全国200万人民公安民警涌起无上荣光和自豪的日子。

几十年来,110已经衍化成国人寻求安全的心灵密码,每当遇到危难,面临不法侵害,需要紧急救助时,人们总会第一个想到拨打电话110去寻求救助。中国人民警察节选定在这样的日子,可以说是众望所归。

三年前,110这串让人耳熟能详的数字,终于在新时代里以法定的形式明确地成为人民警察的节日。自此,在这一天里,我们有了欢呼、庆祝的理由和底气。

尽管，在这一天里我们的工作并不会有任何的停顿。

此时此刻，在这渐近年关之际，从大漠戈壁、林海雪山，到城市街道、社区角落，从口岸边境、跨境通道，到机场车站、港口码头，依然活跃着藏青蓝的身影。那一抹抹红蓝底色，就是我们专属的标志；那一颗颗闪亮的警徽，就是我们对祖国、对人民永远的承诺和忠诚的象征。

为了国家长治久安、社会安定有序、人民安居乐业，他们经受住了一次又一次严峻的考验，打赢了一场又一场硬仗，用汗水、鲜血乃至生命，筑起了坚不可摧的钢铁长城。毫无疑问，警察是和平年代牺牲最大、奉献最多的一支队伍，他们以热血甚至是生命，书写了人民警察守平安、护稳定、促发展的铿锵乐章。

岁月静走无声，倏忽又已三年。此时我在班车上写下这些文字，是2023年1月10日的早上。我将目光回望，发现自己在人民警察队伍的日子，竟然已经过去二十四年了！

阿根廷作家博尔赫斯有一部短篇小说集，叫《小径分岔的花园》，汇编了他讲述的六个精致的故事。小径分岔这个词，和我此刻的思绪似乎有些吻合。我想，1998年盛夏那天的上午，如果我没有在广州市环市东路广安大厦内参加那次面试，或者是在面试时没有通过得以入读警校，我还会有今天对这样的日子的这般感受吗？

新时代的滚滚浪潮，并不会因人无所准备或准备不足而有所放缓。就像我之前无数次说过的一样，唯有奔跑和写作，才能让自己的生命无限延续。过去的三年，我在工作之余坚持长跑和写作，奔跑了漫漫里程，写下了十数万字的散文和诗歌，那些纷飞的汗水以及创作的灵感，就如同生活的答案一般在风中飘荡。

此刻在我身边的同事，既有从警三四十年的老同志，也有年龄比我小得多的年轻人。几乎每一年，我们都会见证满面沟壑、两鬓斑白的老大哥光荣退休，也会迎来那一张张满是青葱，洋溢着青春活力的年轻面孔，我知道，这就是一种传承。

那么长的岁月就这样蜿蜒着、消逝着。不管是在北地警校求学的难忘时光，还是在温暖的南海之滨以及现在越发繁华的粤港澳大湾区，对于我来说，有很多东西已然蜕变，但也有一些东西一定会永远不变，它们藏于心间，那就是初心和使命，还有梦想与坚持。

这样的日子里，当我们稍稍回望，那些消逝的时光不禁让人百感交集，同时也在以一种迎迓的姿态，晓风般地吹拂着你和我……

那么，就让我们在这样的日子里，对自己郑重地道一声：节日快乐！

2023 年 1 月 10 日

光阴的故事

时下热播的电视剧《狂飙》，狠狠地收割了一大波观众关注热潮：意气风发的刑警安欣在2000年与鱼贩子高启强相识，而后随着高启强逐渐偏离正途，两人分道扬镳并展开了长达二十年的正邪较量。在全国开展扫黑除恶常态化的背景下，安欣协同专案组彻查强盛集团犯罪团伙及其背后的保护伞，最终使京海市得以拨云见日、恢复正常。

本片除了紧张的故事情节，让我印象深刻的是剧中对于时间的把握和运用。大量蒙太奇式的镜头转接切换，让跌宕起伏的故事在一帧帧让人难忘的画面中精彩演绎。

作为人民警察，安欣从警后一直把守一方平安、护人民安宁作为毕生追求。凭着内心对理想的坚持，安欣在黑与白的游走中坚守初心，不惧与黑恶势力斗争到底，逐渐成长为一名真正的好警察。他的困难不仅体现在他的性格和生活经历上，还体现在剧情中的大环境上。随着时间的推移，安欣也曾一度迷茫和彷徨。好在，二十年来他能始终坚定信念，秉持本色，哪怕受到再多的打压，遇到再多的挫折，也绝不妥协、绝不放弃。真相、正义和善良，在时间的洪流里，最终战胜了谎言、邪恶和虚伪。

高启强则是一个由弱变强的反面典型。他原本是一个在菜市场上卖鱼的小商贩，因为一次打人事件得到安欣的帮助，随后借助和安欣的关系狐假虎威地满足自己的欲望。在一系列意外事件后，高启强被卷进了与黑恶沾边的是非之中。在对"钱"与"权"的追逐中，他最终迷失自己、越陷越深，从一个卑微渺小的底层鱼贩变成了当地涉黑组织的头目，滑向了罪恶的深渊。

故事发展到2021年的时候，安欣人到中年，满头花白头发，颓然、孤独、遗世独立般地站在镜头的中央。调查组组长徐忠问安欣："如果让你回到二十年前的那个大年夜，你还会给高启强送饺子吃吗？"安欣说："不会。"后来想了想说："也不一定，在那样的心境和环境下，我也许还会给他拿上一盒。"说这话的时候，安欣眼神里满是失望、落寞，让人不禁唏嘘不已。

每个时代都有阳光照射不到的灰暗。有高启强这样出卖良心、出卖灵魂的疯子，有滋生高启强成长的环境土壤；当然，也一定有安欣这样不惜性命坚持真理、从而让阳光普照大地的光明使者。

由此，我想到生活中的个别现象：一锅煮熟了的白米饭，在常温下放到第二天，水分基本就变干了。假如放到第三天，味道就会有问题。从第四天开始,那些米饭已经变馊变坏了。如果再继续放下去的话,米饭早晚得发霉。

是什么让一锅香喷喷的米饭变坏的呢?我想一定是时间。

在浙江绍兴地区,哪家如果生了女儿,年轻的父母就会在自家院子内满怀期待地埋下一坛坛米酒。约莫十几二十年以后,在女儿嫁人之时,这些埋藏多年的老酒将成为婚礼上难得的佳酿,色泽透亮,香气扑鼻,让品尝过的宾客交口称赞。这酒,有个美丽的名字叫"女儿红"。

同样是煮熟了的米,为何会有不一样的结局?馊饭与美酒的差别到底在哪里?其实,就在它们所处的环境以及那一点点的酒曲上。

时间到底是善良的天使,还是邪恶的魔鬼?可能都不是。时间只是生命中一种简单的乘法,在某种条件下使得原来的数值倍增而已。开始变坏了的米饭,每一天都不断地变得更加馊臭;而开始变醇的美酒,每多一天却在不断增加它的芬芳。

我们在《狂飙》里看到,那曾经安分守己的鱼贩子高启强一旦开始堕落,便在复杂的江湖里越陷越深,终于变得满面风尘、面目可憎了。但相反的是,时间却把纯真的笑容、坚定的眼神、成熟的风采以及人性的美好添加到安欣们的身上。

屈指算来,我加入这支队伍也已经过去整整二十年了。二十年来,我身边的同事换了一茬又一茬,有的人凭着自己的努力,成了技术骨干、证研专家、验放能手甚至功臣英模,有的人则因为乱纪违法,而被组织处理甚至被清除出列。这些人的面孔是多么鲜活啊，一张张地，如同过电影般贯穿着我的青春。我的奔跑，我的写作，以及这些年的种种坚持，仿佛都是对过去二十年的注脚。因为我始终认为，时间会如何待你，要看你以什么样的态度期许自己，并为这个期许付出了多少努力。

这，就是光阴的故事！

2023 年 2 月 11 日

不负一季花期

近段时间，我跑步经过的那条道路，总有阵阵暗香扑鼻而来。汗水飞扬之际，我看到了路旁那一树树迎风而立的芒果花正在争相怒放。

那是怎样一种令人激动的花团锦簇啊！高大的树冠之上，密密麻麻地披上了芒果花的外衣，一串串或鹅黄或暗红的花径长着许多枝条，枝条上满是黄中带着浅绿的小花儿，花瓣如小巧的齿轮，像极了一个构造精密的仪器。在早春的轻雾缭绕中，芒果花仿若繁星满眼，给路过的行人以强烈的视觉冲击。

在世人欣赏的目光中，木棉花自有一种英俊挺拔、刚正不阿；紫荆花自有清秀妍奇、娉婷摇曳；百合花独具淡雅洁丽、窈窕芬芳。而芒果花，每到春天来临，只需借一条悠长的道路即可花团锦簇、自由自在，悄然地撑起这一片明媚的春天。

沿着这条暗香浮动的道路继续往前跑，我的脑海中不断地闪过近年来所经历的种种。在那些寒流来袭、风雨如晦的日子，那些酷暑难耐、挥汗如雨的日子，那些枯燥压抑、难以释怀的日子，那些忐忑不安、莫以名状的日子，我始终没有停止过奔跑的脚步。无数个晨昏，我执着地穿上跑鞋出发，听呼呼的风声不断地从耳边吹过，看周围的人和车快速而过，脚掌反复敲击、拍打着路面，汗水不停地飘洒滴落，五公里、十公里，甚至更长的距离就这样被我踩在了脚下。如此，我竟然跑过了一个又一个春夏秋冬……

有花枝簌簌落下，将我的思绪拉回到眼前。如同争相开放、相拥而至的花期一样，芒果花的谢幕演出也像是约好了似的。一场春雨过后，芒果树上茂密的花蕾、花瓣和花蕊纷纷坠落，颤颤地随风飘散，在行人的践踏下很快就零落成泥。过不了多久，待艳阳高照、蝉儿欢鸣的时候，芒果树上黄绿如宝石般的果子将挂满枝头，健硕、肥大的果实引得路人侧目注视，金黄甜糯的果肉馋得饕餮食客直吞口水。这样，也就不辜负了这些已不知陨落何方的芒果花那曾经灿烂的一季花期！

而我，凭借着内心真实的想法，在时光的色泽与暗香之中，掌控好自己奔跑的尺度和速度，这一程岁月的勤倦，不管是缘深缘浅，还是缘起缘灭，都会努力地去从容面对。

只要心中有景，何处都是花香满径！

2023 年 3 月 14 日

我、超炜与足球

卡塔尔世界杯比赛间隙，老同学何超炜在微信里问我，今年的世界杯怎么看？随同一起发过来的还有一张我们俩多年前合影的老照片。如果没记错，这张照片应该是我和他在20世纪90年代中期合照于吴阳中学校园的足球场上。凝视着上面的白衣少年，除了那稚嫩的容颜让人不胜唏嘘外，我们脚上穿着的"三球牌"球鞋，让我百感交集，记忆随之飘回到那个遥远的年代……

1993年是我上初中的第二个年头。春节过后，我狠下心跑到镇上的新华书店买了一个足球。我记得很清楚，那个足球的价格为49元，几乎花光了我过年期间所攒下的压岁钱，为此还招来母亲的一顿数落，她说这钱本应该用来买书和文具的。

49元对于那个年代的初中生来说无疑是一笔巨款了，但这依然无法阻挡我对足球的渴望和热爱。实际上，在上初中之前，我对足球的概念一无所知。那时候乡村小学甚至连一个像样的球场都没有。没有专门的体育老师，体育课只是象征性地安排一些捉迷藏之类的游戏，有时干脆以劳动代替。直到上了吴阳中学，认识了超炜，我才知道原来世上还有足球这么一项好玩的运动。

超炜是我初中同班同学，因为都对时政、历史、地理比较感兴趣，我俩逐渐成了好哥们儿。他足球踢得好，在同学当中简直是鹤立鸡群，他也乐意教我们踢球的基本技能。我正因为看到差距后才铁下心来买了那个足球日夜苦练，并很快在颠球、射门等技术上赶了上来。

1994年的足球界有两件大事：甲A足球联赛元年以及美国世界杯。我和超炜对此都投入了极大的热情和关注。那时候电视机还不是很普及，超炜家却有一台大彩电。我们经常在周末和节假日相约去他家里看足球直播或转播。相同的话题、共同的爱好，让我们初中三年结下了深厚的友谊。

之后，我们都上了吴川一中。值得一提的是，超炜是以足球特长生的身份入学的。吴川是广东名气仅逊于梅州的足球之乡，足球则是吴川一中的强项，有过值得称道的"威水史"，校队曾先后多次在省、市各级比赛当中斩获佳绩。看到超炜能够成为他们中的一员，我真心为他感到高兴。而对于我来说，足球只是一个爱好，在紧张的学习之余，一有机会我都会去踢上几脚，在奔跑和拼抢当中感受运动的快乐。虽然水平一般，但丝毫不影响我对这项运动的喜爱和坚持。

1998年6月，法国世界杯如期开打，对于正在紧张复习备战高考的我们来讲，实在不敢花太多时间去关注。7月9日考完全部科目后,刚好还能赶上看最后那几场球。那届世界杯后来多次出现在我们的话题当中:英格兰和阿根廷的世纪大战,西蒙尼和贝克汉姆的恩怨情仇,追风少年欧文的惊艳出世,左脚能拉小提琴的苏克,冰王子博格坎普率领的无冕之王荷兰队,巅峰的齐达内,还有最好的罗纳尔多,经典比赛层出不穷。更因为其所处的关键节点,法兰西之夏无疑成了我和超炜心中永远无法抹去的足球记忆。

高中后,我和超炜各奔东西,我一路向北读了军校,他到马来西亚留学。虽然经历不同,但我们对足球的热爱依旧继续,期间多有书信往来,亦算是对少年时代友情的延续和巩固吧!

再后来,我如愿成为一名边检国门卫士,驻守在珠澳边关。超炜则成了一名商人,并凭着娴熟的英语将生意做到了非洲。他对足球始终有着异乎常人的理解和追求,在国内球市最火爆的那些年,超炜甚至成了知名的足球经纪人,经常从尼日利亚等国家挖掘好球员来国内俱乐部效力,在广东足球圈颇有名气和声誉。

就在上两个月,我得知超炜当选为吴川市新一届足球协会主席。考虑到他在足球圈的人脉关系,以及他对足球的理解及能力水平,我觉得他是实至名归。有理想,有情怀,再加上年富力强,我有充分的理由相信,吴川足球在他的带领下一定能够重整旗鼓、再现昔日辉煌!

几年前,当我"移情别恋"地迷上长跑后,足球已慢慢地远离了我的生活。一段时间里,我甚至无法接受足球这项持续影响着我的少年和青年时代的运动居然有一天会离我远去,但事实却是,我真的已经生不起哪怕一丁点儿的冲动下场再去踢上一脚,基本上也不会再熬夜去看足球比赛,但这些,依然无妨我与超炜的关系,是足球,让我们结缘,并延续了我们迄今长达三十年的珍贵友谊。

2023 年 1 月 4 日

父亲的剧本

电视剧《狂飙》里的主角高启强给我印象最深的，并不是后来他过得有多么风光，而是他早年间在菜市场卖鱼时活得多么卑微多么不易。电视通过剧情的冲突，刻画了一个弱肉强食、尔虞我诈的小社会，高启强则将这个社会里最底层小人物的百般艰辛、曲折及蜕变演得活灵活现、入木三分。这是属于演员张颂文的剧本。

我在观剧过程中曾无数次想起我的父亲，这个无比深刻地影响着我，和高启强一样在菜市场卖鱼的男人，并没有像高启强一样因为剧情的需要实现逆袭进而攀上了上层社会，他始终甘于平凡，在吴阳市场里卖了一辈子的鱼，上演着一部属于自己的人生剧本。很多时候我会想，父亲这么多年在卖鱼当中，在与无数人的交往里，是否也受到过像早年高启强那样的冷眼、委屈和无奈？

我的家乡位于粤西一个海滨小镇，出门即是大海，这里的人们世代以捕鱼为业，父亲也不例外。十三岁不到、小学刚肄业的他，为帮补家用，早早地就跟随祖父出海捕鱼去了。

　　风里来、浪里去，成了父亲少年甚至青年时代的常态，这一干便是近二十年。到了 20 世纪 80 年代，父亲娶妻生子、成家立业，生活的压力越来越大，光靠在海中捕捞的渔获已不足以养活一家五口人了。于是父亲便开始尝试着将自己和其他乡亲的海产品收齐集中拿到市场上去卖，这样就能多赚一点儿。当然，要想将这门生意做下去，就必须付出比一般人更多的努力。比如你得更加勤奋，确保货源充足有东西可卖；你得诚信经营，货品性价比高，留得住回头客；你还得口才好，能招徕更多人去买你的产品……

　　而父亲似乎就是这方面的行家里手。他固守在吴阳市场的鱼摊上，一站就是数十年。我曾问过他："为何不像那个年代那些人一样到珠三角一带务工去？"父亲淡淡地表示："那时你们兄妹三人都还小，卖鱼加上务农的收入也还过得去，想着在家干活能多照顾照顾你们。"

　　这一定是父亲当时真实的想法。直到我后来也当了父亲，我才更深刻地体味到父亲这话里的含义。不少和父亲年纪相仿的人那时都选择了进城务工，构成了吴川建筑工的主力军，他们从最底层做起，凭着自己的勤劳和聪明，很多慢慢地做成了颇有名气的包工头和大老板，赚取了让人瞠目结舌的丰厚财富，也为吴川赢得了"建筑之乡"的美誉。

　　但父亲对此并不热衷，他有他自己的人生哲学。除了勤劳外，他把更多的爱赋予他的孩子，以力之所及培养他们健康、茁壮成长。

小时候,父亲在我眼里简直是无所不能的存在。父亲只有小学文化,却写得一手漂亮的钢笔字,我甚至直到上大学后才确信自己已超过了他;父亲是四邻八里干农活的一把好手,每年的春耕除了早早完成自家的田地耕种外,他还热心地帮助兄弟叔伯,他种出的番薯不光好吃,产量还大,是大家公认的"能人";父亲平时还忙里偷闲地搞过很多副业,木匠、修理工、脚手架工……每一项都做得像模像样。

我对父亲的"全能"一度佩服得五体投地。一个人要胜任这么多工作,除了自身的勤奋之外,肯定是要有极强的悟性才行。左撇子的父亲,以自己的好学、隐忍和扎实,演绎了人生路上真正的"一专多能"。

自然,卖鱼才是父亲的主业。儿时开始,我就到过父亲工作的地方。那时候的市场远没有今天这般干净整洁,嘈杂、脏乱、难闻的气味,父亲站立于一众连排摆开的鱼摊当中,卖力地招揽着过往的路人,伟岸的身影让我永远难忘。市场行情好时,父亲还可以早点收摊。更多的时候,父亲得坚守摊档直到天黑,等待着市场最后一批买家离去后才能结束一天的工作。遇上天气不好,这样的等待尤其让人难熬。在县城读高中时,有一年暑假的晚上,我骑车从市场经过,远远地看到父亲正在幽暗的灯光下在鱼摊边与顾客大声地讨价还价,我的眼泪在那一刻就不争气地流了下来,为父亲,也为这艰难的生计。那时候我就暗下决心,一定要好好读书,争取将来能够谋一份体面的工作,那样就无须再像父亲这般"斤斤计较"了。

然而父亲的剧本却是注定了的。几十年来，父亲在鱼贩子的岗位上辛勤劳作、省吃俭用，通过自己的双手养大了三个子女并让他们以读书改变了命运。父亲也慢慢变老了。

老了的父亲却没有放弃自己的职业。尽管早过了退休年龄，日常也衣食无忧，但父亲依然像以往一样到吴阳市场去卖鱼。他一直跟我们强调，自己的身体还好得很，"在家里坐不住"。所不同的是，在我们兄妹的强烈要求下，每逢刮风下雨或高温酷暑等天气，父亲"妥协性"地不再外出了，而是留在家里泡上一壶茶，品尝着那难得的悠闲时光。

在茶的氤氲里，年近古稀的父亲，是否会忆及一路走来自己亲手写好的剧本？

在我看来，父亲的人生剧本，其实就是这个时代里中国老百姓生存、繁衍、发展、传承的最佳写照。

一路向西

到高栏工作后，每天坐车奔波往返于家与单位之间就成了一种生活常态。我甚至敢肯定，此前几十年坐过的汽车里程数，还不如这三年来得多。

每天早上，会有无数的人等候在华发新城巴士站附近处，等着登上去往西区的班车。一辆辆喷绘着各个企业名称的通勤车辆，成了这个时段路上车流的主要组成部分。七点钟还没到，大家的脖子就会伸得老长，紧紧盯着班车驶来的方向，生怕一不小心错过了正常的登车点。

好不容易爬上车来，珠海大道的路况此刻还不算十分拥堵。这条在20世纪90年代即告竣工的道路，直到今天仍然是香洲通往金湾和斗门的主干道。近年来，经济社会持续发展，城市基建也在进步，随着洪鹤大桥、香海大桥的兴建，城区与西区交通瓶颈的问题有所缓解，人们的出行体验较之前已有很大改善。

车子在颠簸了一段时间后缓缓开上了珠海大桥。透过车窗，可以远眺到南面的横琴岛，此刻雾霭渐渐散去，一座座高楼在晨曦里散发出万丈金光。桥下即是磨刀门水道，是珠江的入海口。我们都知道，珠江由东江、西江、北江三江汇合，通过八口分流入海。这八口又称八门，磨刀门是其中之一，其年径流量达900多亿立方米，占珠江入海总径流量的近三成，居八门之首。近日有新闻报道，全长约五千米的珠海隧道目前正由两台超级盾构机在全力掘进，预计将在明年年底通车，届时将可大大缓解珠海大桥的通行压力。这隧道，正好位于车子所在的大桥侧下方。

接下来，我们的车先后经过的鸡啼门、泥湾门，也属于珠江八门之一。

如果从珠海的高空俯瞰，我们大致能够看到，珠海的主城区香洲区占地面积并不大，珠海真正广袤的土地其实在金湾和斗门。触目所及，一片片已经开发和等待开发的土地或连绵不断、或自成一体，构成了西区独特的风貌。跳进眼帘的窗外的风景，除了有工业化标志明显的高楼大厦，还有那绿油油的蕉林和农田让人颇感意外。这些景观从眼前一闪而过，有时甚至让你生出不知今夕何夕之感。

车子往西走，时不时要等红灯。这车走走停停，车上的人就容易犯困。这个时候，大家基本上都在闭目养神，有的甚至已经睡着了，这从传出来的鼾声中可以感知得到。对于我来说，此刻往往会进行一个小小的测试，那就是闭上眼睛，凭屁股的颠簸程度即可感知目前车子大概所处的位置。这横跨珠海东西的有趣体验，很多情况下都会屡试不爽。

我奔赴的目的地位于珠海最西端的高栏港。高栏港又名海豚湾，其亘古以来的"飞沙奇景"为南国罕见的奇景，是古代海上丝绸之路的天然海岸航标。这里海水清澈，海滩沙粒细小，岸边山上岩石耸立，是新石器时期人类曾生活过的地方，全国重点文物保护单位"宝镜湾摩崖石刻"便位于这里。经过多年的发展，高栏港经济区目前已初步形成以石油化工、电力能源、海洋工程装备制造为主导，以港口物流业为支撑的临港产业集聚体系。我的工作单位所处的高栏港口岸，是国家一类对外开放口岸，拥有珠三角最大吨位的液体化工品码头泊位和建设 30 万吨级石化大码头的良好自然条件。在这里，每天都货如轮转，从白天到深夜，一艘艘出入境巨轮纷至沓来，一个个集装箱繁忙装卸，一辆辆大型拖车频密往来。

车子到了珠海大道的尽头处，在一个红绿灯路口向左转就进入了高栏港大道。经过近七十分钟的辗转，这条路将把来自市区的各种车辆引到不同的工作地点。窗外，是这个城市一天里逐渐苏醒起来的驿动，路旁的狗尾草摇曳着属于这个季节的特有节奏，朝阳透过车窗温暖地打在人的脸上，让人的心情瞬间就好了起来。

走了来，来了走，来来往往似乎就构成了人生的常态。三年来，这样的场景不断地重复上演着。我知道，正因为有了这每一天充满希望的奔赴，以及支撑着我们反复奔赴的勇气和力量，总有一天，我们定可抵达梦想的彼岸……

2023 年 5 月 16 日

二十年如风

这一年最后一抹斜阳，缓缓地隐退西山。再过几个小时，即将迎来新的一年！不管我们愿不愿意，岁月就是如此无情，把顺意的和不顺意的光阴带走，把那些喜怒哀乐的点点滴滴留在了昨天。

二十年前大概今天这个时候，大学最后的一个寒假开始了。我从河北廊坊跨越大半个中国奔赴拱北口岸进行为期三个月的实习，那基本算是我踏入社会前的一次热身。再过半年之后，我结束了自己军校学员的身份再次来到珠海，正式成为拱北边检站一名基层检查员，个人职业生涯揭开了序幕。

参加工作，就能赚到工资，就可以不再需要父母经济上的支持，就意味着真正意义上的独立成人。那个曾在粤西海边渔村放牛、打柴的娃娃，那个曾在夏夜的星空下仰望苍穹无限憧憬外面世界的少年，就这样成了一名貌似体面的城里人。他大约花了22年的时间，避免了重复父辈脸朝黄土背朝天的命运，将人生的剧本从落后的农村推向了城市这个更为广阔的舞台。

时光荏苒。从参加工作到现在，转眼间已是二十年。这二十年当中当然发生了很多事，有的风轻云淡平平凡凡，有的浓墨重彩印象深刻，所有发生的和即将发生的，都成了生命中的轨迹和印记。尽管有过痛苦、悲伤、郁闷、无奈、愤怒、后悔等负面情绪，但更多时候，我还是保持着高昂奋发、积极向上的精神状态去生活、去学习、去工作，并始终心存敬畏、悲悯和爱。如此这般，即便在步入不惑之年后，我还能以奔跑的姿态去思考和写作，让身体和灵魂始终保持在绝佳状态。

二十年来，我早已告别年少轻狂，但也远远没有修炼出别人希望的模样。为人子、为人夫、为人父，自觉做得还有诸多不足。但对待朋友，自问能够坦坦荡荡、仗义真诚。

算来，自己离退休竟然已经不到二十年了！如果人生算作是一场马拉松的话，那么我现在所处的阶段，大概相当于 20 公里左右处。也许会稍感疲惫，但已经跑出了感觉，跑出了状态，接下来可能会遇上"撞墙期"，也可能会渐入佳境。只要自己按照既定配速前进，咬紧牙关坚持下去，那安全完赛肯定是没有问题的，至于跑出什么样的成绩，除了看天时、地利、人和，还得看自己的内心是否足够强大，以及对一些关键技术细节上的处理是否到位。尽人事，听天命。信然！

此时此刻，我最想把下面这句话送给自己和我的朋友：在未来的日子里，愿有人与你立黄昏，有人问你粥可温；愿你三冬暖,春不寒;愿你天黑有灯,下雨有伞;愿时光能缓,故人不散;愿你惦记的人能和你道晚安;愿你一生努力,一生被爱;愿你走出半生,归来仍是少年……

2021 年 12 月 31 日

第三辑 慢板

- 天安门前留个影
- 千秋大业一壶茶
- 一切皆有可能
- 这一年
- 心中有梦想,脚下有力量

天安门前留个影

现在算来,那已经是遥远的 21 年前的往事了。尽管时间过去那么久,属于那段特殊岁月里的记忆却依旧深刻而鲜活。一个从粤西滨海渔村走出来的十八岁少年,怀揣着闯荡世界的激情和梦想,终于得以瞥见心目当中的圣殿徐徐地为其打开了一扇窗户,那是怎样一种渴盼、激动而忐忑的心情!

1998 年高考过后,我如愿考上了中国人民武装警察部队学院。这所位于数千公里外的北方军校,对于我来说是完全陌生的。我的人生中第一次离开了故土,独自出门远行。我没有像惯常一样坐车直到北京去,而是选择转道大哥读书所在的城市苏州再到廊坊。与北京的邂逅,也因此推迟到两个多月军训结束后的十一月中旬。而之所以对首都有着无尽的向往,最主要的焦点当然就是天安门。

我们这一代人,沐浴着改革开放的春风长大,深受着父辈传统革命思想的影响,"我爱北京天安门,天安门上太阳升"那熟悉的旋律可以脱口而出,爱国情怀已然在身上打下了深深的烙印。可我对于天安门的印象，却只停留在书本里、电视上以及想象当中。巍峨的城楼，巨大的灯笼，飘扬的五星红旗，偌大的广场，还有那山呼海啸的热情人群，那是多么神圣的记忆，那是多么磅礴的情感啊！

而现在，我将很快与之见面！

临行前的晚上，在宿舍里向北京籍的同学不断地打听有关天安门的知识。舍友对我的如此反常甚为惊讶。也许在他看来，我的这种举动未免显得有点幼稚、可笑了，对于在皇城根儿长大的他来说，是难以理解一个外地人第一次到天安门的复杂感情的。那是一种历经多年渴望后得以满足的晕眩，是代表农民父母完成朝圣未遂心愿的激动，是梦想终于就要实现的慨叹，是作为社会主义未来接班人对伟大祖国赤诚之爱的尽情释放……

汽车行驶在长安街上，离天安门越来越近了，我的外表却出乎意料的平静。从看到天安门的那一刻开始，我随着汹涌的人流一道，越过广场，穿过隧道，到达金水桥边，到达那庄严的华表下面。抬头望去，就是神圣的天安门城楼。这座始建于明朝永乐年间的古老建筑，虽然已历经几百年风雨的洗礼，此刻却愈发显得雄伟而端庄。"中华人民共和国万岁""世界人民大团结万岁"的大标语醒目地分悬两边，巨幅的毛主席画像就挂在城门门洞的上方，静静地注视着熙熙攘攘的人群。在萧瑟的秋风中，我沿着城楼一侧的坡道拾级而上，缓步登上了天安门城楼。

对于我来说,这注定是一个永生难忘的时刻!许多年过后,我已渐渐淡忘了当时登楼的许多细节,但那时照相机定格下来的画面,却让我略显青涩的笑容得以永远地与天安门同在。那还是一个胶卷横行的年代,每一张照片都显得无比珍贵,再加上年代久远、时空辗转,很多照片已经佚失,但唯独这张与天安门的合影,虽已画面泛黄,但还一直跟随着我,静静地珍藏在我书房的抽屉深处。

站在开国大典毛主席曾经站立过的地方,我的目光穿越宽广的长安街,看到了恢宏大气的天安门广场。广场上矗立着挺拔的人民英雄纪念碑,人民大会堂和国家博物馆则近在咫尺。这是一个诞生神话的地方!多少年来,几多英雄儿女、几多传奇的故事就在这方圆十里的地方上演,牵扯着全国脉动,吸引着世界目光。那些曾经慷慨激昂、冲锋在前的身影和名字,有的已如齑粉般四散在风中一去不可寻,有的则如天上的恒星一般永远熠熠生辉。俱往矣,数风流人物,还看今朝!历史的接力棒一代一代地传承下来,到了今天,尽管前面满是险滩激流,但我们已经看到了民族复兴的希望。只要我们团结一致,万众一心,朝着既定的方向坚定不移地走下去,就必定可到达美好的明天!

此情此景,至今想来仍然让我激动不已。那种刻骨铭心的感情,伴随着我此后整整四年的军校生涯,见证着我今后戎装戍边的使命和初心。后来,虽然我也曾数次到过天安门故地重游,却都难有当年那次初体验的强烈感觉。

今天，在举国上下热烈庆祝新中国成立 70 周年的日子里，我一口气写下这篇短文，回望过去也好，展望未来也罢，为的是将我对祖国母亲深深的挚爱再次凝聚和迸发，从而更加坚定今后继续做好本职工作的信心和决心。

2019 年 10 月 1 日

千秋大业一壶茶

最近爱上了喝茶，确切来说是喝普洱茶。

就如这个春分的夜晚，泡一壶陈年生普，看滚烫的水在紫砂壶里熨过，再将茶汤如涓涓细流般斟入杯中，金黄亮丽的茶汤尽收眼底，瞬间四散的茶香弥漫开来，正是"未尝甘露味，先闻圣妙香"。轻轻地嘬上一口，茶在嘴里缓缓流转，暗香游走于味蕾之间，平滑而圆润，芳香且甘醇，顿时感觉时光停顿了一般。

可以说，茶是对春天记忆的收藏，对夏天激情的记忆，对秋天醇厚的品味，对冬天温馨的回忆。在任何一季里饮茶，你都能感受到不同的滋味。喝一杯好茶，犹如读一本好书，写一幅好字，画一幅好画，在生活的平淡中享受无穷的乐趣，非淡泊无以明志，非宁静无以致远。借此得一份淡泊的心境，此为饮茶之趣也！

中国是茶的故乡，茶文化博大精深，据说最早起源于尝遍百草的神农氏。这样一算，茶文化在中国的发展历史起码已有四五千年之久了。茶文化之所以备受推崇，还因为它在漫长的发展史当中融合了佛、儒、道等思想而自成一体，成为中国传统文化的重要组成部分。现如今，茶文化在世界各地发扬光大，茶也已成了大多数人所喜欢的一种特别的饮料。

在中国的农耕时代，柴米油盐酱醋茶，茶被列为开门七件事之一，是居家生活的重要组成部分。茶既是物质生活的重要载体，又是精神层面的介质；它既可以消暑解渴，还可以养生，甚至入药。有研究表明，茶叶中含有多种维生素和氨基酸，具有养生、保健的功能，喝茶一定程度上有助于预防衰老，对于清油解腻、增强神经兴奋以及消食、利尿也有功效。

生活中有"酒茶不分家"的说法。想来也是，这两种液体堪称奇妙：共性是都有物质和精神双重属性，都具有打通二者的功能；不同在于，酒会让人越喝越糊涂，茶则让人越喝越清醒；酒似乎更加虚玄，有时候会被认为是奢侈品，茶则显得更为日常和普通，基本被视为生活必需品。我曾在侗族人口聚居的广西三江待过一段时间，对当地居民每顿饭都必喝的"打油茶"深感惊奇，从而切身感受到茶在中国老百姓心目中的重要地位。

"万丈红尘三杯酒，千秋大业一壶茶"。今日的酒和茶，俨然在俗世中和谐共处了，酒楼和茶室一起并立在街道两旁，成为普通大众消费或享受的不同去处。在灯红酒绿的喧嚣中，茶枯守着自己的一方信仰，偶尔会有一对对情侣或一大帮呼朋唤友的人来到这里，在昏暗的灯光下，在氤氲的茶气里，经过一番冲和泡、饮与品，共同营造出一份尘世间难得的安憩和恬静。

茶的种类繁多，口味也是千差万别。闻名中外的普洱茶，数百年来以"普洱"二字著称。据说，云南布朗族先民是最先种植茶树的民族，普洱茶的名称也和布朗族先民的名称息息相关。普洱主要产自云贵高原，一般而言，优质普洱茶的突出特征主要在七个方面，即：质、形、色、香、味、气、韵俱佳。近些年，有些被炒到天价的普洱茶被热捧，竟成了市场上流通的硬通货，但这些所谓的奢侈品，普通人注定是很难品尝得到的。我们能够做的，就是在日常当中慢慢找到一款性价比高且适合自己去喝的茶，让自己平淡的日子里多上一份芬芳的期待。

苏轼说过：休对故人思故国，且将新火试新茶，诗酒趁年华。这一份情怀，这一份意境，应该也是众多茶友所孜孜追求的吧！

2023 年 4 月 2 日

一切皆有可能

在我童年时生活的 20 世纪 80 年代，我记得，那时候我们村子里如果谁家能敞开来吃上一顿肉，那一定是邻居们津津乐道的话题。谁能想到，仅仅是三十年左右的工夫，中国已发展成为世界第二大经济体，我们上天下海，在世界百年未有之大变局当中开新局。全民实现了全面小康，温饱早已不成问题，未来无限可期。

小时候的我体弱多病，隔三岔五要打针吃药，母亲彼时甚至担心能否把我平安养大。一直到了上初中，我们家才将我的那个药罐子彻底地扔进了垃圾堆。谁能想到，仅仅几年之后，我竟然考上了中国人民武装警察部队学院，到火热的军营去历练，青春的激情在火与汗交织中熊熊燃烧。及至后来爱上了长跑运动，几乎可以说脱胎换骨，我在马拉松的道路上越跑越远，全马顺利冲进了三个半小时，在 2020 年的梧州警察马拉松达成了 3：28：28 的最好成绩。

读书求学的年代，我和大部分同学一样，曾经对写作文感到莫名畏惧。在粤西吴川那个闭塞的滨海小渔村,我的启蒙读物是几本已被两代人翻看得破旧不堪的《三国演义》小人书,但我却视之如珍宝。我清楚地记得,五年级时母亲给我买了一本《小学生优秀作文选》,她经常鼓励我多学习多练笔,对其中的很多篇章段落我甚至能熟练背诵。从初中开始,我的作文经常被老师拿到课堂上当作范文诵读。这无疑激发了我对文学的进一步热爱。当然,那时谁也不会想到,到了今天,我居然能将自己的作品结集成书出版,并能与这么多优秀的作家成为朋友,经常坐而论道、共同交流提高。

以上种种,无不昭示着那句老话:只要努力坚持,一切皆有可能!

因为喜欢,因为热爱,我坚持跑步锻炼,系统进行训练,至今已跑进第六个年头,累计奔跑里程超过 11000 余公里,跑过了万水千山,在多个马拉松比赛当中达成 PB。

因为喜欢,因为热爱,我在紧张的工作学习和生活之余坚持文学创作,以诗歌和散文抒发国门卫士的家国情怀,用文字去讴歌这个伟大的时代以及世界的真善美。

是的,一切皆有可能!仰望星空,脚踏实地,我们离梦想的彼岸就会越来越近。我们的人生,也因为有了如许的奋斗历程而显得更加精彩……

2020 年 3 月 20 日

这一年

在突如其来的寒潮中，走到了这一年最后的一天。此刻，我们即将告别，告别这魔幻一般的 2020 年。

时间的门槛从来不容停留，我们甚至还来不及与过去好好地握手道别，便将未知的未来踏成了冰冷的现实。多年以后，如果我们还能够鼓起勇气稍稍回望这一年，一定免不了百感交集……

这一年，脱贫攻坚战顺利收官，中华民族延续千百年的绝对贫困问题终于历史性地画上了句号，第一个百年奋斗目标如期实现，第二个百年节点无限可期。有着世界上最多人口的大国全面脱贫奔小康，这是人类历史上堪称里程碑式的大事件，也是一个有担当有作为的政府应期之许、应有之义。

这一年，我们的载人深潜探测器"奋斗者"号在超过万米的马里亚纳海沟成功坐底，北斗全球导航系统全面建成，首次火星探测任务顺利实施，"嫦娥五号"奔月成功并带回了月壤特产，"可上九天揽月，可下五洋捉鳖"的伟大梦想成了振奋人心的现实。

一年又一年，无数可歌可泣的人和事，记录着这个国家和民族的艰难跋涉和壮丽历程。家国天下，庙堂江湖，寻常巷陌。这一年，大到世界，中到国家，小到个人，无不经受着巨大的考验和煎熬，仿佛无所逃遁于茫茫天地之间。

这一年，对于不惑之年的我来说有着异乎寻常的意味。生活郁闷，辗转换岗，挑战不断，人到中年之后的疲于奔命，父母年纪渐老，健康大不如前……这一切似乎在所难免，但原本是可以做得更好的。所幸，无论如何，这一切都已成过去，自己亦从来不言放弃，慎终如始，并在这个惨淡的年份里收获了些许意外的惊喜。

这一年从濠江之畔奔赴西区高栏，变化的是环境，不变的是选择的初衷和奉献的热情，国门之下那一抹藏青蓝，诠释着执着、坚守的意义，倏忽之间，竟已到了自己参加工作的第十九个年头，这里也就成了一路来奋斗的第五站。

这一年断断续续写了一些文字，在无数个夜深人静的时刻坚持笔耕不辍，诗歌散文，星星点点，喜笑怒骂，聊为心声，更为庆幸的是能将近年来的作品结集成书出版，名曰《兵锋》，算是圆了一个心愿。

这一年坚持跑步锻炼，无论寒暑，不管时空，努力做到自律自控，一步一步地跑过万水千山，跑过了漫长的 2900 公里路程，将自己的马拉松最好成绩由去年广州的 3∶44∶46 提高到今年梧州的 3∶28∶28，那些难忘的晨昏和纷飞的汗水，足以见证这是一个多么了不起的进步！理所应当，就能为自己始终将行动付诸实践而更加自信和自豪。

是的！没有什么比行动起来更加重要了。行动是对流言蜚语的积极回应，行动是对那些不怀好意之人的最好反击，行动让自己的每一步变得更有意义，行动让生命丰富而真切，行动为想象力开疆拓土，行动让热爱有了更好的皈依。

这热爱，源于初心，源于对前方瑰丽风景的向往，源于对美好生活的不懈追求，更源于内心忠贞不渝的坚定信念。

人生真是一个奇妙的旅程，走得越远你就越发现它的奇幻无边。越往前走，越需要阳光的普照和雨水的滋润，所有打不倒压不垮我们的东西，最终都将成为我们成长的养分，让我们走向生命的成熟与辽阔。因此，若是你内心渴望、怀揣理想，就请坚定前行，不要以虚荣、以否定、以怀疑、以游离、以欲望去代替自己的热爱！

当新年的第一缕曙光如常照到广袤的大地，我隐隐地也会生发出一些美好的期待：愿国家能更加繁荣昌盛，老人身体健康，小孩儿听话上进，工作时敬业乐成，生活中积极自信，看到有困难的人尽量主动帮忙，遇到难题时能理性思考并设法解决，对父母亲人多一点关心照顾，对好朋友多一份真诚，少点喝酒应酬，多点运动锻炼，能继续健康无伤地奔跑下去……

如此这般，便是幸福。

2020 年 12 月 31 日

心中有梦想，脚下有力量

奋力冲过终点的那一刻，望着拱门上时钟显示的 3：28：36，伴随着右小腿剧烈的痉挛，我的眼泪一下子奔涌而出，这并不是因为疼痛，而是梦想终于实现后的喜极而泣。

只有真正跑步的人才会明白，全马跑进 330 对一名跑者意味着什么。在取得最佳成绩的路上，330 的意义，就如同金榜题名之于寒窗苦读的学子，如同洞房花烛之于新婚的夫妇，如同天降甘霖之于干涸已久的大地，亦如同在黑暗中苦苦迷失之时终于探寻到那盏指路的明灯……

330 对于业余跑者里程碑式的重要性，是由马拉松运动本身的性质和内涵所决定的。可以说，42.195km 的里程是历史的选择，是经过无数次实践试验，可以充分代表路跑极限性的一个距离。抛开天赋、年龄、性别不说，330 是业界公认的可通过自身努力而能够达到的高度。有的人终其一生也只能在这个门槛外面徘徊，有的人压根儿就不敢去做努力和尝试。4 分 56 秒的配速说快不快说慢也不慢，以这样的配速连续不断地奔跑在 3 个小时 30

分钟之内，你就能触摸到马拉松比赛的圣殿。

这次能够达成 330，可以说是天时、地利、人和缺一不可。很多事情其实都是这样子，当你没有得到时苦苦去追求感觉高不可攀遥遥无期；等到如愿以偿的时候再回头去看看，其实也就是那么回事了。

说实话，这次能够参加梧州警马是很偶然的一个决定。毗邻肇庆的梧州是广西的一个小地方，历史上和广府可谓同文同声，这次比赛之所以能吸引我的目光，是因为赛事是由梧州市公安局、人民公安报和中国警察网联合举办的活动，对于人民警察来说无疑具有特殊意义。

细细理了理，这次比赛能够大幅提高成绩还是有几个重要的因素可寻的，姑且赘述如下，只为记录当下的想法：

一是要有坚定的毅力和必胜的信念。心中有梦想，脚下有力量。如前所述，把可行的成绩作为既定目标矢志不渝地去追求，就能够赋予你不一般的意志和力量。事实上我心里还是隐隐觉得自己早晚有一天能破 330 的。

二是要养成奔跑的良好习惯。这些年来，跑步变成了像吃饭睡觉那样自然而然，不需要任何人监督，成为自己的本能爱好，此前我已经跑了五年有余，奔跑历程累计一万多公里，参加过三次全马、八次半马比赛。

三是天公作美，当天梧州的气温在十度以下，比起上周的广马简直是天壤之别，是再合适不过的跑步温度，一路跑来体感甚为舒适。

四是赛道和氛围非常不错，梧州马被冠以"强警练兵，力争上游"警察马拉松的名头，也是中国田协认证赛事，各项安排保障可圈可点。

五是对比赛细节和技巧的把握，比如赛前多吃碳水化合物、前半程压住速度合理分配体力、定点补充能量胶盐丸、上坡怎样下坡怎样。

六是家里人的大力支持，当天适逢叔叔家新居入火庆祝，实应亲自前往庆祝道贺，但还是不想让自己这次留有遗憾，于是在取得家人的谅解后轻装上阵。

七是同伴华哥的照顾和鼓励，在此再次表示感谢，同时祝贺华哥冲进318。

八是赛前一天到梧州后饱饱干下的那顿牛肉火锅就小酒。

九是身着具有传奇色彩兼有"PB"传统的战袍。

哈哈，最后这两点我把其归结为积极的心理暗示大概没错吧！

一切过往，皆成序章。具有美好回忆的梧州之行已经成了过去，它对于我的意义，与其说是通过坚持不懈而超越自我，实现更快更强，不如说是对自己这些年跑步健身、锻炼的阶段性总结。

不忘初心，方得始终。追求速度肯定不是跑步的唯一目标，偶尔通过自我挑战而收获一定快感虽也可以，但跑步的目的还得是让自己心情更加舒畅，是强身健体，是更好地为革命工作做贡献。

如此种种，就是一名有幸达成330目标的跑者那语无伦次的述说了。

2020年12月21日

无远弗届

这彰显着中年男人对不堪的现实最后一丝倔强的每一步，在连续不断地累积逾 326 个星期之后，终于在小满时节浓稠的夜风当中到达了 15000 公里这个颇具里程碑意义的节点。

整体数字是恢宏而抽象的，但是单个数字却无比具体。

此时此刻，那个喜欢光着膀子在山海之间逶迤前行的男人，那些跨越时空的执着和出发，那些在每一个晨昏及暗夜里四散纷飞的汗水再次清晰地浮现在眼前，那已然在我的肌肉和骨骼刻下了深深烙印的锻造再次提醒着我，这所有的坚持都是有意义的！

六年多来，每一次跑步经历虽然只是一个不定的概念，但却如滚雪球般朝着既定的方向、累积成了差不多可绕赤道半圈儿这堪称遥远的距离，几乎可与水滴石穿、百炼成钢这样的字眼相提并论。你甚至不能仅仅用努力认真、有追求、有毅力、够自律来解释这多年来从未间断的坚持。实际上，对于我来说，这只是奔跑这种人类最本能、最原始的行为能力，在我的身上再次被唤醒而已。

热爱而不溺爱，着迷而不沉迷。这是我对跑步的基本态度。跑过酷暑寒冬，跑过万水千山，跑过低谷和高光，时至今日，我依然能保持着健康奔跑的姿态。更多时候，我将奔跑当作孤独者的游戏，在脚步不断的循环往复中去思考人生。心血来潮之时，甚至还有能力去跑一跑速度，淋漓尽致地体味一下冲刺的快感。这是不忘初心的真实体现，也是对运动锻炼健身最好的演绎。

生活也许并不会因跑步而变得精彩，但一定会让你与众不同。这种不同，能让你对生活充满激情并在山雨欲来之时仍可保持淡定，亦能赋予你攻坚克难的决心和勇气，甚至还能激发你感月吟风、指点江山的创作灵感。长期以来，我对这样的不同甘之如饴、乐此不疲！

三十功名尘与土，八千里路云和月。生命奔腾向前如斯，我早已将这些远远地抛在了身后。我在想，当跑圈里这个数字到了 30000 的时候，那一定是件非常酷的事儿……

毫无疑问，这样的目标必然可以达到！

2022 年 5 月 21 日

"菜农"老李

受台风"泰利"外围影响,高栏岛上风力渐渐加大,老李最后一次检视菜园后就急匆匆地跑进屋里,园子里能吃的瓜菜都被摘了下来,剩下一些尚未长成的,估计在台风过后也不会再留下了。豆大的雨滴拍打着窗户,老李暗暗地祈祷,这次的风可千万得悠着点儿!

老李今年五十九岁了,是单位外聘的员工。大约十年前,应聘当保安的老李初到这里时,这片茂盛的菜园还是一块杂草丛生的荒地。老李年轻时曾在老家种过几年庄稼,因此他在工作之余就琢磨着开荒种点菜,慢慢地竟然给这营区留下了一片难得的新绿。收获的季节,老李给大家带来了意外的惊喜——满满一大箩筐青菜。

种菜的本事在得到大家的认可后,老李就由保安"转行"当起了菜农。单位地处海岛,远离市区,蔬菜价格奇贵,平时那些瓜瓜菜菜运过来时很多已经蔫头耷脑了。如果能让大伙儿驻岛期间实现"蔬菜自由",老李"转行"这事儿实属意义不一般了。

然而爱好归爱好，真要把它当成一项正儿八经的工作，还真得下一番苦功夫。快五十岁的老李，从此就在岛上扎下根来，这菜一种就是十年。

最先需要解决的问题无疑是地。营区位于山脚下，老李因地制宜，依着山势在若干地点开荒垦地、平整地块，并将这些地块疏通后连成一片，渐渐地就成了现在这个狭长的园子。岛上的土地贫瘠、砂石成分多，老李想了许多办法改良土壤，让这些泥土得以慢慢适应南方瓜果蔬菜的种植生长。

老李很快就摸出了门道。一年中，什么时候该种什么菜，老李心里有本清清楚楚的"帐"。比如，春天的油菜、韭菜、麦菜、豆角，夏天的黄瓜、冬瓜、茄子、西红柿，秋天的辣椒、土豆、南瓜，冬天的白菜、红薯苗……这些都是应季且易高产的蔬菜，老李对它们的习性了如指掌。至于如何浇水、施肥、除草等，老李则俨然一副"老师傅"的范儿。菜园那一亩六分地，在他的细心打理下，显得清清爽爽、井井有条。

老李能在种菜上取得值得称道的成绩，自然离不开他日常辛勤的付出。无数个日子里，人们都能看到老李在菜地上低着头、弓着背默默地耕作。他或挥舞着锄头锄着地，或支棱着水管浇着水，或小心翼翼、一丝不苟地收割着成熟了的瓜菜……在老李的日程安排里，早上、中午、黄昏，甚至晚上，一天当中的任意时段都可以是他劳作的时间，至于具体选择在哪个时间段去忙，则要看当时所种菜种的需要。一个月当中，大家甚少看到老李有一整天的休息时间，用他的话说，就是每天一定要到菜地里转悠一下心里才踏实。

在老李看来，虽然晴天太阳大、天热，但他喜欢晴天更甚于雨天。因为蔬菜喜晴不喜雨，水源充分、日照充足种出来的菜不光样子好看，口感也是一流。相反，那些阴雨绵绵的日子就很难有好收成。说起台风天气，老李则心有余悸。那年正面袭击珠海的"天鸽"过后，这菜园子一片狼藉，老李为此清理了整整一个星期。"这也是没办法的事儿，种田种菜，说到底还得看老天爷吃饭。"老李说。

生活在岛上的大家，逐渐习惯了出现在菜园子里的老李忙碌的身影。除了满足单位食堂需要，老李种出的瓜菜还给大家带来了些许意外的"福利"。比如辣椒、蒜头、番茄这类可较长时间存放的菜品，往往会被老李精心装好在袋子里，等着有需要的同事拎回家去。这样，当然意味着老李在背后付出了更多劳动，但他总是一副笑呵呵的样子，"大家的工作也很辛苦，我只是尽自己的一份力给大家做点事而已！"说这话时，老李那布满沟壑的脸上绽开了花。

我对老李的深入了解来自驻岛期间的一次聊天。那是一个黄昏，老李正蹲在菜畦边捉虫，我见状走了过去，一边帮下忙，一边跟他攀谈起来。老李是湖南农村人，很早就来到珠海打工，干过服务员、搬运工、保安，没想到兜兜转转，到了快五十岁时竟又干起了"老本行"。这份种菜的工作，他不以为苦、反以为乐，单位每个月所给的工资在他看来已足够丰厚，加上他老婆几年前也在附近找到了工作，夫妻团聚，少了后顾之忧。老李还告诉我，他在老家县城买了房子，买时三千多块钱一平方米，而今已经涨到至少六千块钱。他说，这么多年在外打工，就想着能多挣点积蓄，等到退休之后回到县城养老，不必再回到农村的乡下去了。那县城也像珠海一样，有超市和卖早点的铺子，当然还有好玩儿的公园以及晚上闪烁的霓虹灯……

说这话时，夕阳的余晖正好打在老李的脑门上，他那锃亮的光头瞬间颇有喜感地闪着橘黄的光芒。老李对我说他鸿运当头的打趣不以为然，只表示自己现在过得还不错，大家没把他当外人看，让他在这里找到了家的感觉。他希望能继续风调雨顺，好让他把菜越种越好。

不知为何，我经常会想起老李。这世间不知道有多少像他这样的打工人，他们背井离乡，或许生活不易，或许过得平凡，但从不妄自菲薄，而是迈着坚实的脚步去追逐心中的梦想。这些梦想未必恢宏远大，可能简单而普通，那就是：凭着自己的双手去创造属于自己的幸福。

差点忘了说，老李的真名叫李斌，一个即将退休的老实人。

故乡的木麻黄

春来，故乡的木麻黄似乎又长高了一尺。

清明节翌日早上，我从村里出发，不多一会儿就走到了一片郁郁葱葱的树林。

这片横亘于大海与村庄之间的木麻黄林，宽约数百米，长度则绵延十多公里之遥。从空中俯瞰，这片树林犹如镶嵌在海边的一条秀丽的绿丝带，装点着这里独特的滨海风情。此刻，木麻黄红褐色的树干通直向上，墨绿色的针叶恣意张扬，在朝阳之下尽情地展示着旺盛的生命力，阳光透过圆锥形的树冠照进林间，顿觉氤氲缭绕，春深的气息扑面而来。

在广东沿海，像木麻黄这样的针叶树木其实并不多见。这是一种喜高温、耐湿热的树木，属常绿乔木类，适合生长于海岸边疏松的沙地，在离海较远的酸性土壤中亦能生长良好，尤其在土层深厚、疏松肥沃的冲积土上长势会更加茂盛。

我的故乡吴川市吴阳镇，位于鉴江入海口，冲积平原与江海错落相间，形成了非常适合人类居住的自然环境。但因为地处南海之滨,每年一到夏秋季节,台风来袭是常有的事儿,沿海一带的村民便深受其害。以前我曾听老一辈讲过,有一次强台风正面袭击的时候,风暴潮甚至倒灌至村子里头,海水所到之处,几乎寸草不生。

转机出现在新中国成立之后。从 20 世纪 50 年代开始,在经过多次的试种后,木麻黄成了这里防风、防海水的主要树种。在当地政府的主导下,乡亲们在沿海一带长达十数公里的沙地上种上了一棵棵木麻黄幼苗,几年后,繁茂的木麻黄防风林便已初见雏形。

木麻黄虽是外来树种,却和当地的气候及环境完美契合。它既可以种子栽培,还能通过扦插培育,树种生命力强、成活率高,并且具备耐干旱、抗风固沙、抗沙埋和耐盐碱等优点特质。自此,乡亲们在耕田耘地之余,精心地呵护着这几万亩木麻黄林地,既当种植者,又当护林员,让一茬又一茬的林木成材,并实现了防风林效用最佳化。

几十年以来,乡亲们在这里繁衍生息、安居乐业,把这道阻挡着风沙及咸潮的"海疆绿色长城"经营得有声有色并代代相传,在黄金海岸线上形成了一道亮丽的风景线,也让这样的景观成了当地近年来宝贵的旅游资源。

我童年大部分闲暇的时光就是在这片树林当中度过的。那宽广的防护林内,不仅种有木麻黄,还有相思、五角梅、鬼针叶、海树藤等灌木杂草野蛮生长,那里沙子松软、植被丰富,绝对是孩子们的天然乐园。我和玩伴们或在树林里边放牛边抓鸟不惜体力，或在沙地上追逐嬉戏乐不思蜀，或在海滩上翘首以盼等待那即将上岸的丰收渔获……

木麻黄不仅能防风治沙，而且全身是宝。碗口粗的树干不仅可用作农村日常的搭棚建屋，还是极佳的柴火，特别是那针状的树叶，简直是乡亲们生火引燃的不二之选。小时候，我曾跟随大人在无数个晨昏里去收集这些柴火，除了满足自家使用外，多余的木柴还可以拿去卖钱以补贴家用。当然，这项劳动也是一项让人印象特别深刻的体力活。

许多年过去了，因为工作关系，我回故乡的机会屈指可数。可每次回去，海边的木麻黄防风林都是我必去的地方。漫步在这片熟悉的故土，尽管周边的风物与我记忆里的印象已不太一致，但这一棵棵扎根于咸土地而努力向上生长的木麻黄，依然会引发我对浓浓乡情的无限怀念，同时更加赋予了我继续前行的信心和力量。

2023 年 4 月 12 日

当鲍俊遇上林召棠

春日午后,在珠海参加工作将近二十年之后,我终于第一次走进珠海博物馆。在馆内一处介绍珠海历史文化名人鲍俊的角落,我意外地看到了一个熟悉的名字:林召棠。

林召棠是我真正意义上的同乡,广东吴川霞街村人,清朝道光三年(1823年)癸未科状元。作为封建科举时代粤西地区唯一的状元,林召棠及其相关故事一直是家乡人津津乐道的话题。

循着相关文字介绍,我得知原来鲍俊和林召棠居然是同榜进士。当年在殿试策问后,经传胪、放榜等仪式,林召棠高中状元为殿试之首,即一甲第一名;鲍俊则为二甲第二名,居殿试第五名。按照今天的说法,同时有两名来自广东的考生,在道光癸未科殿试前五名中独占两席,那绝对是一种天大的轰动。

资料显示,道光皇帝对这两位来自岭南的俊才曾青睐有加,在所呈阅的殿试考卷当中都进行了御批。对鲍俊卷御批为"书法冠场",喜爱之情跃然纸上。对林召棠卷御批为"今科得一佳元,一字笔误偏旁,非关学问",是为瑕不掩瑜之意(所误笔者,乃一"本"字,因竖笔提笔稍快,带有小挑勾)。

金榜题名之时,鲍俊刚26岁,正是意气风发的年纪。林召棠则历经磨难,已达37岁"大龄"。不管如何,在那个"万般皆下品,唯有读书高"的时代,一朝高中就意味着今后前程似锦了。实际上刚开始也是如此,很快,鲍俊被授为翰林院庶吉士,林召棠被授为翰林院修撰,可以说是进入了社会地位最高的精英群体。

但进入翰林院只能说具备了资格,离真正任职当官还有一定距离。众所周知,清朝到了道光年间已是腐朽不堪,内乱不断,官场尔虞我诈,奸佞当道,明争暗斗,特别是当时正处于鸦片战争的前夜,社会已是动荡不安,积重难返。想当个好官,说来容易,做来却难。

鲍俊和林召棠后来的经历也印证了上述判断。历经争斗、沉浮、受排挤之后,二人都深感官场失意、仕途不畅、报国无门。在离家数千里的异乡,那到处都是京腔官话的北京城,没有任何靠山的鲍、林二人,估计都产生过同样的困惑:走?还是留?

不久后,二人就都先后作出了自己的抉择:鲍俊于1831年直接辞官,返粤"归来隐作民";林召棠则在一年后以"终生奉母"为由告假还乡,远离朝廷。离京之前,二人当过的最大官职,鲍俊为刑部山西司主事、候选员外郎,林召棠为陕甘正主考官,都属于是一些不受重视、无足轻重的虚职。

失之东隅,收之桑榆。从京城归乡,才是他们真正人生的开始。春风得意马蹄疾的日子早已远去,在经历过无限的风光及荣耀之后，此时的鲍俊和林召棠看透了人生百态并逐渐归于平静。在广东，二人受到当地士绅及文人雅士的追捧。两人能在竞争激烈的科举时代脱颖而出，自然离不开长期以来的饱读诗书、满腹经纶，他们的诗词佳作频出，清丽可颂，脍炙人口，书法上乘，见解精深。凭着过往的名望和声誉，二人迅速成了当地文坛的领袖。同时，鲍俊和林召棠在回粤之后，都不约而同走上了教书育人的道路。鲍俊先后主讲于顺德凤山书院和惠州丰湖书院，林召棠则长期在肇庆端州书院主讲，他们治学严谨，教导有方，为当地培养出了一大批弘扬传统文化的俊秀良才。

临近晚年，鲍俊和林召棠先后退隐乡里、回归本源。鲍俊回到了珠海山场村，经常活动在现在的石溪公园一带，以诗酒书画自娱或雅聚，呼朋唤友，遨游山水，赋诗刻字，好不潇洒快活。而林召棠则回到了吴川霞街村，或吟咏于高雷山川滨海，或挥毫落笔于书斋。钦佩于林状元公时有造福桑梓之义举，时任两广总督林则徐曾特书"彩衣荣似三公衮，珂第祥留五色云"对联赠寄，以表敬意。鲍俊和林召棠都是晚清著名的书法家、诗人，目前在广东他们曾工作和生活过的地方，还经常可以见到他们的诗词、书法等艺术佳构。

纵观鲍俊、林召棠一生，在二人身上可以看到太多相似之处。作为封建传统士大夫，他们没能在仕途上更进一步，在忠君、从政方面没有实现最初理想，但这并不妨碍他们成为受人景仰、精神文化亮点多多的名流。他们甘于淡泊，自奉俭朴，都是书生意气，急才超群，集诗、书、文、艺于一身，可谓大器杂家。他们严于律己,育才培英,对岭南文化贡献甚多,是真正意义上的中国传统式的文化名人。晚年归隐后,他们除了尽情地沐浴海风、听涛赏花外,还不时与岭南名士邀约聚会,淡泊名利,吟诗作对,煎酒论茶,写意逍遥,尽显一代风流。

大约二百年之后,我在珠海博物馆一隅偶然间看到这两位同乡先贤的名字,禁不住浮想联翩。

2022 年 12 月 9 日

听一朵花开

我喜欢远足,尤其喜欢爬山。在旷野山间,我匆匆的脚步总会因为一些盛开的花儿而放缓下来。

空旷高远的天空下,花儿恣意生长,与山间的绿叶和野草为邻,毫不做作。伴随着自己急促的呼吸,恍然间,我感觉身旁的花儿仿佛也在呼吸。

我甚至不知道它们的名字——红的、黄的、白的、粉的、紫的……在野外的一隅,它们寂寞而骄傲地开放着,对周遭的一切不以为意,仿佛伫立在时光的拐角处。这景色,吸引着我的注意,让我不由自主地放慢了脚步,不仅仅因为它们绰约的风姿,更因为它们与众不同的气质。

我想,我和花儿的相遇,一定是冥冥中注定的缘分。花儿之所以能够在山野间立足,可能源于一阵风突然的引带,或是一只鸟儿即兴的衔转,又或是一场雨肆意的漂流。那粒独特的种子,由此改变了命运的际遇,就像是义无反顾地奔赴一场久违的约会。这，才有了我们后来的遇见。

　　每当困惑苦闷、怅然若失，或是沾沾自喜、志得意满的时候，我总会想起山径幽谷中那些淡然清雅的花儿，想起与它们偶然的相见、轻轻的触碰以及久久的对视，那种随之而来的坦然瞬间充溢身心，赋予我平和、沉静的力量。

　　我喜欢这样的词组：纯洁平静，淡雅清芬。只有在领悟了"落花无言，人淡如菊"的纯洁平静之后，尘封的心灵才会打开一扇窗口；只有在体验了"空山新雨，晚来天气"的淡雅清芬之后，躁动的情绪才会慢慢归于和缓。

　　让脚步稍息，用心去看这周遭的风景；让灵魂远行，抵达一个淡泊高远的精神世界。一个人的欲望如果不去加以有效控制，那前行的脚下必定是满目焦土或是泥泞一片。那花香四溢、青翠葱茏的美丽风光，永远也不可能出现在他们的生命里。

　　很多时候，听一朵花开是一种难得的经历。在寸草不生的大漠戈壁，在苦寒缺氧的高原雪山，在茫茫无际的大洋深处，在冬季无比漫长的偏远的边境线上，对于那些始终坚持劳作、守望、战斗着的人们，看花开花谢，肯定不只是一种简单的自然现象，而是一次能引发心灵荡漾、思想碰撞的奢望。

　　"生命在低处，灵魂在高处。"尊重且敬畏那些低调谦卑的美丽，冷静而达观，恭敬而自足，这不仅是一种自然本性的回归，更是一种高尚人格的彰显。

  四时有序，流年安暖，每一朵花开其实都是峰回路转、柳暗花明。如果你愿意，就请无所顾忌地踏进时间的河流，去俯首倾听花开的声音吧，一如听从自己内心的呼唤。

2022 年 11 月 25 日

辛丑春节札记

一

今年抗疫就地过年。做我们这行的，回家过年本来就是一种奢望。多年来也早已习以为常，一般大年初一、初二能够回去一趟待个一两天就算很不错了。即便是来去匆匆，但因为能和亲人见上一面唠唠家长里短，感觉就是一种幸福。

人言落日是天涯，望极天涯不见家。一头是国门边关，一头是故园召唤，几百公里的距离却遥不可及，纵有千般牵挂，也只能藏于心底。年老的父母能够理解，但我知道他们有多么想见自己在外漂泊的儿孙……

记忆深处，过年，似乎应该是阿妈刣的那只阉鸡，是阿爸虔诚而专注的拜神，是从除夕开始连续数天不绝于耳的鞭炮声，是大年初一赶早起身的仪式感，是亲人之间互致的真诚祝福。

今早起来，习惯性在微信朋友圈转了一圈，新春的祝福扑面而来。中国人几千年传承下来的传统，已经深深地刻在每一个中华儿女的基因里面。

牛年大年初一艳阳高照、春光灿烂，这座我生活了近 20 年的城市，如往常一般车水马龙。此心安处是吾乡，恍惚间，我竟说不清哪是他乡哪是故乡了。唯愿山河无恙、国泰民安；亦愿父母身体健康、平安顺遂。

二

人到中年，想睡个懒觉已成为一种奢望。即便是在春节假期里，也会早早醒来，生物钟？还是心有所挂？抑或是身体机能使然？

城里的大年初二的早上一如既往，并没有多少过年的气氛。想起粤西的乡下，此时该是何等热闹的景象。早上天还没亮，卖猪肉卖青菜的叫卖声就从村头开始，久久地响彻村子的每一个角落。母亲会早起忙前忙后，把家里除夕和年初一的鞭炮残余物打扫干净，堆放在屋前的空地上燃烧，那四散飘荡的硝烟味是留在我脑海深处难忘的记忆。这一天还会杀鸡拜神，父亲会在神堂前虔诚地跪拜，口中念念有词说着一些吉利的话语，祈求开年后一家人平平安安、顺顺利利。

童年时的过年印象，从初二开始才渐入佳境。串门拉家常，走亲戚拜年，相互宴请，舞狮游神……这种热闹的场景可以持续到正月十五。只是后来自己因为上学甚至参加工作，离家越走越远,故乡过年的点点滴滴,有时还能参与其中,更多的时候只能追忆而不胜唏嘘。

写字的当下,有阳光从窗户照了进来,温度是让人体感甚为舒服的20度左右,我甚至听到了小区里的鸟叫声。这样的天气,对于过年的广东来说实在是难得的好天气了。

昨天和家人到海滨公园转了一圈,所到之处人山人海,大部分人原地过年,让珠海这个移民城市,迎来历史上最热闹的一次春节。繁花似锦、绿草如茵,大红灯笼高高挂起,迎春的喜庆洋溢在大街小巷。

傍晚穿着"牛气冲天"的战袍环城跑了一圈儿,通过脚步感受这个城市的脉搏,感受珠海大美风光。从三台石路出发到前山河,沿河过桥一路向南到拱北再向东,到达风光旖旎的情侣路,这段分布着珠海诸多地标性景点的道路真是漂亮,在黄昏的夕照里看山河锦绣、国泰民安,瞬间感觉体内充满了力量。暮色四合,华灯初上,汗水纷飞间,34公里的路途已经踏在脚下。疲惫之外,体内的多巴胺加速分泌得让人心情甚是舒畅。抿几杯小酒,微醺间和妻小嘻嘻哈哈,我以为:这,就是幸福……

三

大年初二走完珠海的亲戚后,小的们都去看电影去了。对于所谓的贺岁片,我一向兴趣索然,于是就在附近溜达一圈儿以消磨时间。

不知不觉转悠到了马路对面不远的南屏北山。这个时候游人不少，如我一般的休闲者居多，在北山大院附近的一家小店点了杯咖啡，我靠着临窗的一角淡定坐下。旁边是一家花店，大大小小的花儿，仿佛相约好了一样都趁着这早春时节次第而开，游客们纷纷流连于花丛之中并定格下一张张如花的笑脸，恍然竟有"人面桃花相映红"之感。午后的阳光从小店一隅直打在脸上，瞬间给人以温暖和感动。

有一段时间没来过这里了。北山，珠海历史传统和现代发展完美结合的典型代表。一边是珠海最大的商场华发商都，人潮如涌，商业发达；另一边是已传承了几百年的古村落，有古老的北山大院和杨氏大宗祠。迈步在这里，你甚至能感受得到浓浓的现代艺术气息。据闻，这些年，北山因其各方面得天独厚的条件而逐渐成了本地艺术家们逐梦的天堂。

在杨氏宗祠的一侧，修葺一新的杨匏安陈列馆赫然在目。珠海这个有着红色传统基因的地方真可谓是钟灵毓秀、人杰地灵。从这里出发的，如杨匏安、如容闳、如郑观应、如孙中山，将近代香山地区放眼看世界的精英之举发挥得淋漓尽致。作为华南地区最早的马克思主义传播者，也是我党早期优秀的革命家和理论家，经过不懈地挖掘和宣传，杨匏安近些年来逐渐为世人所认知、肯定和敬佩。

投身革命，坚定前行，以三十五岁的华年英勇就义。在那个风雨如晦的年代所以为何？为了理想，为了信仰，为了心中的梦想，无数如杨匏安一样的革命先烈义无反顾，抛头颅、洒热血，直至献出了自己宝贵的生命。百年沧桑，才换来了当下盛世。我想说的是，今时今日的锦绣河山，国富民强，不正如您当年之所愿？

红英一树春来早，独占芳时。北山杨氏大宗祠堂前的那两株玉堂春据说已有百多年的历史，往年通常过了元宵节才会开放，此刻却在午后的斜阳下尽情怒放。枝丫繁茂，疏影横斜，淡紫古朴，暗香浮动，在蓝天白云的映衬下，一朵朵盛开得如此触目惊心、让人沉醉。

渐近黄昏，夕阳向晚，凉风习习，我加快脚步向前山河畔走去。牛年春节，就这样又过了一天。

四

早上，朝阳透过窗照进房间，新的一天又开始了！在这样的日子里，能够闲散地涂涂鸦、写写字，不得不说是一种小确幸。

城市里的春节假期，和平时的周末竟无两样。今年算是比较幸运，连续几天没轮到自己值班，得以陪陪家人。天南海北，国门边关，家国天下，一样的卫士情怀。"戍客望边邑，思归多苦颜"。古往今来，这样的场景大致如此吧！

过年的这几天，珠海可以说是空前热闹。丽日和风，人头攒动，去和大自然来个亲密的接触。三五成群，笑颜如花，倒也其乐融融。

珠海近些年来加大投入，着眼于民生搞了不少市政工程，比如修路、建公园、搞绿化、建免费的公共运动场所……颇受老百姓点赞好评的。这些有计划、分步骤的工程付诸实践，渗透着民生点滴，改变了这个城市的面貌，提升了这个城市的档次，让珠海与文明城市、浪漫之都、幸福之城的称号渐行渐近。

诗歌的投影

我常常回忆起这样的场景：窗外一片漆黑，一根日光灯管滋滋作响，一个孤独的身影拿着一本书正读得入迷，那是《席慕蓉诗集》，又或许是《泰戈尔诗选》和《叶赛宁的诗》。院子外面，一墙之隔，是珠海最热闹的莲花路，那里车水马龙，灯红酒绿，熙熙攘攘。这是我刚参加工作前两年在拱北口岸工作期间的一个场景。那时，在我眼里，书中那一行行美丽的文字，可是比外面的花花世界精彩得多。

我第一次写诗是在初二，我把涂鸦而成的一首诗，投稿参加学校组织的一次主题征文比赛，竟然意外地获得了奖项。再后来，到了警校读书，我保持了文科生对文字该有的敏感，在紧张的学习和训练之余，我养成了写日记的习惯，日记里经常会出现诗歌的影子。时至今日，当我再重读那些虽略显稚嫩却充满真情实感的文字，每每都会肃然起敬。那是属于那段青春里独特的记忆。诗歌，其实就是一种生存或生活状态产生的情感和思想的直接证据。

当我们说生活是诗时,许多人也许会一头雾水,觉得这是在故弄玄虚。但几乎所有意义上的好诗都是来源于生活,说白了就是现实生活的化身,或者是精神在现实生活中挣扎的产物。

这么多年来,尽管很多时候都是孤芳自赏,但对于我来说,写作早已成为内心的需要。不管处于什么样的环境,我都需要一种精神力量给予支撑,让自己不至于被世俗的生活所淹没。同时,写作可以让一个人的内心变得丰沛、强大,进而抵御外在物欲对心灵的侵蚀。

我的故乡在粤西一个相对闭塞的乡村,那里很多人都是小学或初中毕业后就进入社会,或到珠三角打工发家致富,或像他们的父辈一样过起了面朝黄土背朝天的生活。对这片土地和人的思考,催生了我早期的部分诗歌。通过思考和书写,我的内心得到了安慰和净化,也传达出我对这片土地的感恩和热情。

到边检站工作后,我先后转战拱北、湾仔、茂盛围等对外开放口岸,所见所闻,所思所想,在"一国两制"这样的前沿阵地尤其深刻。面对自己执法服务的对象,面对我们工作的性质,面对这样一个风起云涌的时代,我内心不免产生出对周遭人、物、事的思考和感叹。这种思考和感叹形成了语言文字,刻画出那个瞬间清晰的感受。可以说,这种写作来自内心不自觉的推动,是自然而然的。

虽然写作是来自内心的需求,但一个作品之所以有意义,可以激起别人阅读的欲望,它还需要作者写出既有自己独特体验又有广泛意义的文本。除了散文,我觉得诗歌也是一个有效的形式。

在写作中，我一直写自己最熟悉的东西，与自己内心相关的东西。这些东西曾感动我、打动我，甚至刺痛我，让我内心泛起波澜。比如，我在《风的信息》里写道：今夜我坐在窗前/聆听风的声响/昨日熟悉的气息/还盈满在屋子里/一切似乎不曾离去/那些让人怀念的时光啊/不是在恍惚的梦中/而是清晰地在眼前/与叶子一同老去的/是我们的心情/一叠日历滑过指尖/像雪般厚厚地压在心上/听说寒潮很快就要到来/所有不安的躁动/注定都会归于平静。那是我在珠海西区高栏岛半夜执勤间隙的吟唱。

再看一首我的旧作《话题》：灯下/67度的液体/以迅雷不及掩耳之势/淌过喉咙，流进胃里/每一条神经末端/瞬间即被点燃/飘飞、颤抖、战栗/今夜/比烈酒更高几度的/是这一屋子的空气/以及那个永恒的话题。

由此，我想到了格调和意境。

诗的格调取决于诗人的格调，诗的意境取决于诗人所处的意境。一首诗的高下，在很大程度上取决于上述二者。这是诗歌审美中应该继承的传统。当然，诗的格调在不同的时代具有不同的文化内涵，这也是我们审视一首诗现代性、艺术性的重要依据。

诗歌是现实生活在我们精神高地的投影。但这不是直接的投影，而是体现写作者的态度、情感和思想。从警的经历让我有机会接触各色人等，接触各类事件，对社会深层的问题看得更清晰些，对罪与罚、美与丑、良知与正义有一种感性而深刻的领会。或许这些认识会以不同的面孔出现在我的诗行中，颂扬、讴歌生活当中的真善美，批判、揭示社会和人性的不足，以此彰显诗歌对人的尊严的维护，并让心灵逐渐变得充盈起来。

2022 年 11 月 29 日

在路上

"如果你的确是选择了独自跑步,那么跑步可以给予你一些生命中很难发现的东西;远离一切烦琐的事情,与内心单独相处。如果你的工作很忙,拥有一个正在成长的家庭,那么你有时候感觉生命被压榨。每个人都需要一些独处的时间,跑步就可以满足你……"

大约在 5 年半前,当读到书中这段话时,我瞬间被迷住了。

真的有那么神奇吗?跑步?

这本让我当时从书店书架上取下并买走的书——《爱上跑步的 13 周》,是由加拿大作家伊恩·麦克尼尔所著,只有二百多页,不长,但却内容翔实,论点鲜明,论据充分,似乎是专门为跑步初学者而写,这本书的副标题 *The Beginning Runner's Handbook* 可以佐证。

仅仅在数十年前,跑步还被认为是疯子和怪人的行径,几乎没有人意识到它在健康方面的益处。但近年来,国内外跑步热潮风起云涌,在城市的各个角落,都能看到不停奔跑着的人群。健身的人会更健康、活得更长久,这种观点今天已被大众所广泛认可,但是如何从科学研究的角度进行严谨的证明还需颇费一番周折。

这本书就尝试着去回答这些问题,解释这些困惑。它会告诉你如何选择跑步的衣着,如何饮食,如何避免肌肉疼痛和受伤,并为你提供跑步动力方面的建议,帮助你树立切实可行的目标。最重要的是,它提供了一条可以复制的成功途径——一个经过实践证明效果很好的跑步入门计划。

13 周,91 天,只占一年时间不到三分之一。习惯的养成,绝非一朝一夕之事。专家研究发现,21 天以上的重复能形成习惯,85 天的重复就可以形成稳定的习惯。一种观念如果被别人或者是自己验证了 21 次或更多,它一定会变成你的观念。所以,问题的关键不是要不要坚持,而是怎样做到坚持。

很多人跑不起来的理由是平时很忙,甚至还有一些支持不跑步的伪理论,如跑步容易伤膝盖,跑步会让人暴毙……

但跑步的好处是无须赘言的。只要循序渐进,做好平衡,克服过犹不及或者三分钟热度,每个跑起来的人都可以享受到运动的乐趣。它不仅能强化你的心肺功能,让你平时精力充沛、容光焕发,还能使你在日复一日的坚持当中,不断地磨砺自己顽强拼搏、锐意进取、永不止步的精神。

但知不知道是一回事儿,去不去做又是另外一回事儿了。将认知化作行动,似乎从来都是一个简单而又复杂的概念。

说它简单,因为跑步不过就是左脚迈一步,右脚再迈一步,如此反复，交替前行。可简单的事儿，干一天或者几天可能没什么，但若是能够将之坚持十天、半年、一年、几年甚至更长时间，也不是每个人轻易做得到的。正如日本作家村上春树在其著作《当我谈跑步时我谈些什么》中写道："坚持跑步的理由不过一丝半点儿，中断跑步的理由却足够装满一辆大型载重卡车。"

回到《爱上跑步的13周》，这本书的内容包括了许多跑步者第一手的叙述，如挑战、挫折、成功和失败的经历等，同时，还提供了营养、运动医学、运动科学、心理学和训练辅导等方面专家的建议以及诸多跑步小贴士。

比如，对于困惑着许多初跑者跑步容易受伤的问题，作者就花了较多的篇幅来普及跑前热身和跑后拉伸的窍门。如何拉伸、什么时候拉伸以及强度等，这些知识貌似零碎，却是保证你越跑越精神、越跑越健康的不二法门。

随着阅读的深入，作者在书中第五章所写的"跑步心理学"则最为我所认可。

"跑步是一种锻炼，心率的提高和跑步距离的增加会让你大汗淋漓、筋疲力尽，你的身体和心理会因此受益，但是训练本身是非常费力的。正因为如此，在你执行这个计划，甚至当后来你已经经过训练成为一名跑步者时，你仍然有不想去跑的时候。"本章就提供了怎么去处理这种状况的建议。

所以，我认为，这本书与其说是一碗激励大家跑步的心灵鸡汤，还不如说是一本科学指导跑步技巧和心理的工具书。

现在再难确认，到底是不是这本书让我从那时开始至今，得以跑步连续坚持 220 周之久了（这个数字毫无疑问还会继续增加）。有时想想，跑步真的是很有意思。普通跑者可以通过系统的训练，慢慢地跑出自己满意的成绩。年轻的未必跑得过年纪大的，高个子在与比他矮的人对决中未必就有优势。没有训练积累，任你如何自我激励也没法跑得更好；即便训练基础再好，如果缺少专业选手的天赋，永远也无法达到专业水准。唯一可以期待和追求的，可能就是跑步当中的自我挑战、坚韧不拔、永不放弃。从这点来说，跑步不再仅仅只是跑步了。

所以，13 周肯定不是结束，而是全新的起点。书中的最后两部分——"为赛事做准备"和"接下来应该做的"会给你一些今后如何继续的建议，并告诫大家要"不忘初心"。

说到跑步的初心，每个人应该都不一样。有的人为了减肥，有的人为了更加强壮，有的人则想通过跑步消解压力，有的人完全是为了挑战自我。但总的来说，跑步的目的，无非就是为了让自己无论是身体上还是心理上都变得更好。

记得有一位马拉松大满贯冠军曾说过："当跑步是为了它本身的意义而存在，且不再使你感到任何时间的紧迫感和压力时，就是跑步最具有意义、最使你享受的时刻。"

个人的观点：对待跑步的底线，是不因为跑步而搞得伤病缠身，不因为跑步而影响到正常的生活质量。

作者伊恩·麦克尼尔即为加拿大前著名马拉松运动员，退役后与 SportMedBC（加拿大不列颠哥伦比亚运动医学理事会）合作，立志于推进运动医学、运动科学和运动训练领域的教育和知识普及工作。据介绍，上述这项 13 周的跑步计划程序，先后经过 5 年多不断的修正，已被超过 10 万人使用体验并取得良好效果。部分参与者认为这项训练计划为他们提供了一种前所未有的幸福体验，甚至改变了他们的人生。

书的封底，一段格言清晰而醒目：

如果你想聪明，跑步吧！

如果你想强壮，跑步吧！

如果你想健康，跑步吧！

这本书对于我来讲，早已完成了其最初的使命，但我一直不舍得送人，而是将其摆放在书柜中显著的位置。闲暇时我会取下来翻一翻，五年前最初开始跑步的那段日子里的那些故事，如《清明上河图》般再次排山倒海扑面而来。

2020 年 2 月 12 日

平芜尽处是春山

雨点劈面而来。出城的时候还未见雨迹，现在车子奔驰在西部沿海高速公路上，一场豪雨，让我们这趟行程变得扑朔迷离。

来珠海二十年了，市里大大小小的山几乎登了个遍，独有这位于主城区之外的黄杨山还没涉足。之前也有过几次机会，却都因这样那样的原因擦肩而过。

已是暮春。斗门的油菜花开过了，只有零星的田地还残留着星点黄花儿。大部分土地已翻耕过，而今放满了水，像一片片镜子搁在地上。再过上半个月，秧苗将被移栽到水田里去。这趟行程计划已久，花谢花开，冬去春来，满目绿意盎然。

到了山脚时雨已停歇。沿着西湾村口的登山步道拾级而上，约3公里的山路共需爬升500多米。据说在这之前，通往山顶的路还是乱石当道、崎岖不平，很多体力一般的人想要登顶并不容易。现如今，经过几年的修建，一条宽敞整洁、风景幽雅的步道直通山顶。你只要立志向前，即便走走停停，也迟早能到达黄杨山顶峰。

雨过天晴，此刻山顶上能见度甚佳。举目远眺，珠江三大出海口尽收眼底。这海拔达581米、有"珠江门户第一峰"之称的山果然名不虚传，让人在登顶后瞬间生出"山登绝顶我为峰"的豪情壮志。仔细辨认，甚至能看到远处的澳门，虽朦朦胧胧不太真切，却显得更为神秘有趣。

珠海以海为名，海自然是名声在外，再加上"百岛之市"的美誉，让珠海这个沿海城市，即便放眼全国也是赫赫有名。然而，海虽是珠海最大的名片，但山在这里却也是琳琅满目、无处不在。

最著名的当属凤凰山。凤凰山坐落在东坑、唐家和山场之间的三角地带，山清水秀，绿树葱翠，是规划中的省森林公园之一。天气晴朗时在山上远望，山景、海景和城市风光融为一体。这座横亘在珠海主城区香洲中央偏北的大山，至今对于很多人来说还披着神秘的面纱，只有训练有素的探险者才有能力进入山中，出来时定会感叹那里的原生态。这座被森林绿被覆盖的大山，历经岁月沧桑，静静地看着经济特区的发展日新月异，自身却成了很多人心中的秘境所在。

其次就是板樟山。这座位于市中心的山绵延在拱北、柠溪、吉大一带，犹如一个风景秀丽的天然大氧吧，滋育着珠澳周边的居民。在山间放眼望去，满山的绿树苍翠欲滴，树林间隐约可见一条有1999级台阶的石径通往山顶。据说这条登山步道是有关部门专门为庆祝澳门回归而修建的。山顶是俯瞰市区的最佳地点，在那里还可以远眺澳门，因此这里成了广大热爱运动锻炼的市民日常登山的好去处。

　　珠海有名的山还有很多，比如南屏的将军山、横琴的脑背山、三灶的观音山、高栏的风车山等。还有一些虽然不算高大，却在市民中耳熟能详：炮台山、石花山、石景山、尖峰山、白沙岭……

　　山与海交错而立、和谐共处，构成了珠海充满魅力的自然风光，也孕育出了独特的山海文化，如凤凰山的长南迳古道、脑背山的横琴大开发、桂山外面的伶仃洋等等，都是珠海别具一格的文化符号。

　　正如此时，我站在黄杨山巅，将目光越过斗门的山山水水，投向不远处的崖门水道。刀光剑影早已销声匿迹，只剩下人们对于那场改朝换代战争之惨烈的慨叹。氤氲升起，崖门水道顺流而下，在镜面一般的水面上，百舸争流，热闹非凡，处处洋溢着无穷的生机和活力。追古抚今，我更多的是对当下这个伟大的时代无尽的赞赏及期盼！

　　"平芜尽处是春山，行人更在春山外"。大雨过后，山泉湍急，那山泉从山上而来，像一条缎带将山区环绕，并将汇入滔滔的黄杨河。河畔的乡村，此刻正是春天。

2023 年 3 月 25 日

闲来无事勤读书

这个周末的早上没有其他安排，于是我抱来一堆书，就着微凉的晨光津津有味地看了起来。

这些书，有的是网上购得，有的是文友相赠。冯骥才、余华和史铁生的文字是我喜欢的类型，耿立和蒙志军是珠海本土拔尖的散文大家，徜徉在这美妙的文字世界里面，我流连忘返、甘之如饴，但觉有无数躁动的思绪和压抑不住的情感在汩汩流淌。此刻，寓所附近的幼儿园人声鼎沸，一个个如花儿般的幼童迎着初升的朝阳似乎在奔赴一场隆重的盛会。阳台上，那盆迎风招展的蝴蝶兰已悄悄地进入了绽放的第三个月……

智能手机时代，似乎一切的文本内容都能够轻易地从网上觅得，你不能说那些碎片化的阅读就是肤浅的或者是片面的，这种见缝插针的阅读默契地迎合了都市快节奏的生活方式。事实上，与刷抖音、玩游戏、网购等纯粹的消遣娱乐相比，还能通过互联网进行持续学习的行为在今时今日已属难得。

但我依然喜欢读书。捧着散发着油墨香味的书本一页一页翻阅的那种感觉，就像是一步步踯躅跋涉，通过自己的努力逐渐打开了一扇通往作家精神世界的窗户。在那里，清风明月，鸟语花香，甚至在某一瞬间获得了一种闯入的快感。

书是有灵性的存在。秦朝之初焚书坑儒，那些文明的结晶被付之一炬，天下在熊熊火光中读出了秦始皇的暴虐，也读出了那些冒险藏书者的决心，即便被流放到偏远的北方修长城，他们依旧是文明的火种。几千年来，中华文明在苦难中得以赓续而薪火相传，离不开那一本本、一部部典籍的铭刻记载。

书的功用是毋庸置疑的！当读者将自己的理性、情感与书的内容相融合，并且像接受美学所描述的那样，伴随着阅读的过程而进行精神创造的活动，还有总是视书高于一切的地位，书就能够感应读者的良苦用心，从而以使自己增值的方式来回报读者。

当今有太多的信息比读书更有吸引力。很多时候，当面对灾难或不幸，每个人都想通过信息的发出与回应，来寻找群体的存在感。此时，过去阅读的积累就显现出好处，对应现实发生的种种，你会发现当下所面对的艰难或者苦难，其实在过去的书中都曾经有过描写，有些甚至能找到答案。如果你读的书足够多，就能够学会分辨，不被流言和歪理带偏，找到安抚内心的方式，冲破焦虑的荆棘，或者起码能够做到一定程度的忍耐与等待。

这个早上，我读史铁生的《我与地坛》《病隙碎笔》，惋惜其残缺的身体，惊叹其生命的苦难，也为其丰满的描述而折服。

多年以后，我也成了那个写作的人。尽管囿于生活历练和思想深度不足，很多时候我的文字差强人意，但这又有什么所谓呢？有阳光的心态，有述说的冲动，还有对这个时代悲悯的情怀，我想就足够了！金钱、名利、地位，统统都会化为历史尘埃，唯有文字，犹如尚未开刃的利器，多少年后，仍有熠熠生辉的那一刻……

耿立在《灵魂背书》中写道：这些文字，只是一些标本，我不敢看作是灵魂的标本，就像一只蝴蝶的标本，她翅膀上的斑点是春天的馈赠，和春天比起来，这些斑点是微不足道的，正如我的散文，对一个丰沛的时代来说，我的文字是羞愧的，甚至是惭愧的。此时此刻，这句话于我亦然。

2023 年 4 月 23 日

我与"国门"

春日早上，我坐在奔赴高栏港的车上翻阅当天电子版的《中国移民管理报》，发现自己最近写的那篇文章《不负一季花期》发表了。微凉的晨风里，我想起了这几年来与"国门"副刊的种种缘分，禁不住感慨良多。

近年来，准确来说是从 2019 年 1 月开始，随着《中国移民管理报》创刊，"国门"副刊为全国移民管理警察提供了一个很好的展示自我的平台。有文章见报这样的体验，此后经常地出现在我的工作、生活当中，那种让自己的文字变成铅字后的愉悦感，每次都来得格外强烈。

很多时候，一篇文章的发表，能大大激发一个人创作的动力。尽管我们一直都说，写文章的目的并不仅仅是为了发表。但发表，一定程度上意味着承认和肯定，对于一名写作者而言，这样的承认和肯定是有价值的，有时甚至弥足珍贵。

作为文学爱好者的我，平时除了不断写稿、积极投稿外，也会密切关注"国门"的动态。在那里，我从字里行间领略到祖国大美边关的壮丽，感受到移民管理警察的奉献担当，自然还有亲情、爱情、友情，以及这人间的真、善、美等主题。那一篇篇出自同行们之手的美文让我知道，这些年自己对文学的坚持并不寂寞，而是有着为数众多的同道中人！

伴随着移民管理体制改革应运而生的这份报纸，有太多让人肃然起敬的坚守和传承。一次偶然的机会，我听报社的杨林主任说，一周两期的出报频率，版面是非常宝贵的，但基本上每个星期都会辟出一版作副刊专用，这份对文学的坚持，承载着国门卫士深深的期待，也体现了报社编辑部的情怀与担当。对此，我深以为然。作为用文学体裁反映社会、文艺色彩较浓的、能给读者提供美的享受的固定版面，副刊对一份报纸的作用可谓举足轻重。

几乎每个周五（或周二）的早上，我都会浏览到这份报纸的样刊。由著名作家莫言题写刊名的"国门"副刊格外引人注目。如果我没记错的话，莫言那苍劲有力的墨迹出现在报纸上的时间，应该是从2020年1月份开始的。作为诺贝尔文学奖的获得者，莫言对《中国移民管理报》的这份期许，无疑让该报的文化含量陡然间提升了几个档次。

日常工作当中我也会听到一些同事对这份报纸的评论。新闻动态自然是他们关心的对象，但真正能够让人静下心来去品读的，还是副刊的内容。这些来自国门一线的作者，他们的文字透露着朴实而真实的气息，形象地反映了移民管理工作不断进步的状态，传递着移民管理警察对于文字的感悟和初心，寄托着他们的希望，也陶冶了他们的情操。

得益于编辑老师的厚爱和悉心指导，我有幸在"国门"副刊上先后发表过三十余篇（首）的散文、诗歌。也是在这样的日子里，我加入了广东省作家协会，同时还担任全国移民管理文联文学委员会理事，在力之所及的范围内履职尽责、传播着文学正能量。不少文坛前辈对我关爱有加、不吝赐教，赋予了我更多前行的勇气和力量。

过去数年，我在工作之余坚持写作，除了这部分发表的外，更多的还珍藏在我的记事本里。长期以来，大湾区的风云变幻、珠澳口岸的进进出出以及移民管理事业的波澜壮阔，常常激发起我文学创作的灵感和冲动。无数个深夜或凌晨，我会在执勤工作之外，静静地思索身边发生的事情，让想象力放飞，缓缓而成笔下这些文字。一路走来，这些陆续面世的作品铭记了我的情感、见证了我的成长，亦将继续伴随我驻守脚下的这片土地。

新时代的滚滚浪潮，并不会因人无所准备或准备不足而有所放缓。就像我之前无数次说过的一样，唯有写作和奔跑，才能让自己有限的生命无限延续。多年来，文学给了我善良、坚韧，还有信心和决心，我庆幸自己一直没有放弃对文学的坚持。经常地，我生活在那些转瞬即逝的意象里，生活在那些妙不可言的描写里，在文字中融入阳光、雨露和自我的气息，让笔下的人和事得以更加真切细腻、真实可信。如此这般，我实在甘之如饴。

2023 年 4 月 5 日

印象扬州

车子离开南京禄口机场后一路向东，长三角城市群在风里洋溢着无穷的生机和活力，初夏午后的阳光温度如同我们此刻慢热的心情，路旁所见，刚刚被收割过以及等待收割的麦田一片金黄，将江淮平原一望无际的平坦和富饶展露得淋漓尽致。

对于扬州的了解自然是来自于那一首首脍炙人口的古诗词。无论是李白的《黄鹤楼送孟浩然之广陵》，还是姜夔的《扬州慢》，抑或是杜牧"春风十里扬州路，卷上珠帘总不如""十年一觉扬州梦，赢得青楼薄幸名"的吟叹，千古以降，多少文人骚客从不同侧面叙述着扬州的风采，撩拨着无数仰慕者的心。我在"搜韵"上大概查了一下，题目包含"扬州"二字的古诗词竟逾三千首之多！"淮左名都，竹西佳处，解鞍少驻初程……"此时此刻，吟诵着姜夔的这首名作，虽世易时移、物是人非，亦别有一番滋味上心头。

作为一名业余跑者，我对扬州的关注最初却来自扬州鉴真国际半程马拉松赛，这场国际田联的金标赛事在跑圈内简直如雷贯耳,之前我曾报名参加过一次并幸运中签,却因故无法成行。这次,在入住酒店的第二天我就起了个早,穿上跑鞋到附近的宋夹城遗址公园跑了两圈儿,也算是弥补了一下当年的遗憾。我始终认为,要了解一座城市,用脚步去丈量是最好的一种方式。多年来,每去一个地方,随身带上一双跑鞋定是我出行的标配。汗水纷飞间,城市的律动随同彼时急促的心跳竟像实现了同频共振。

季节已是五月,但气温却是让人舒适的二十度上下。听说扬州作为全国文明城市在2006年即荣获联合国人居奖,这里没有特别突出的高楼大厦,没有北上广深那样的快节奏,这里的街道同样车水马龙,你只要在街头稍事驻足,便能清晰地感受到历史在这个城市所留下的痕迹。

应该说,扬州的命运是由其所处的地理位置决定的。这里位于长江北岸、江淮平原南端,背靠大运河,自古即为南北交通要道。隋炀帝杨广三下江南,在这块富饶的土地留下了多少匪夷所思的传说;江淮一带历史上著名的盐商也在扬州留下了浓墨重彩的一笔;至于历朝历代的兵燹之祸在这里更是数不胜数,单单是明末史可法荡气回肠的抗清壮举以及那惨无人道的"扬州十日"便让人不胜嘘唏。

瘦西湖可以说是扬州最亮丽的一张名片了。这个时候早过了烟花三月,去的那天刚好下着细雨,十里长的湖区两岸烟雨蒙蒙,郁郁葱葱的树木绵延不绝,在瘦西湖细长的水面上,一叶叶扁舟载着慕名而来的游客,耳边响起导游对这个城市种种深情的讲解。二十四桥已近在眼前,那是一座再普通不过、让人不禁哑然失笑的小桥，柳荫正好，许多人在桥边争相照相留念，但我知道，这座桥肯定早已不是杜牧当年在秋尽月明之夜眼中的那一座了！

扬州给人的另外一个感觉就是楼阁多，公园里有楼阁，比如瘦西湖里就有不少楼阁，其中以熙春楼最为有名。扬州的街道上也可见很多楼阁，很多是设立在十字路口中间的，大多的布局是以楼阁为中心，做成一个转盘样，对交通而言毫无违和。除了公园、街道外，扬州的桥上也建有各式楼阁，当然这样的建设应是重在装饰、实用则轻。

扬州被许多历史意象包裹着，在我看来却透着一种简约的美。宛如本来以为是想象中那凤冠霞帔拒人于千里之外的贵妇人，近前一看却发现原是市井巷陌素面朝天的持家媳妇，充满着浓浓的生活气息和无限亲和力。

比如扬州的美食就一定要去尝一尝，这里可是中国八大菜系之一淮扬菜的发源地。最为著名的当数"狮子头""鸡汤干丝""文思豆腐"等，无一不是历史悠久，堪称经典。文思豆腐最考验刀工，一块巴掌大的豆腐，经过厨师的巧手，变身缕缕细如发丝的豆腐丝，似沉似浮飘荡在汤羹之中，轻盈而洁白，只是看上一眼便已垂涎三尺。除了这些大菜，扬州小吃也非常有名，五丁包鲜香可口、蟹黄汤包汁多皮薄、四喜汤圆馅料丰富、千层糕软糯香甜……很多时候，淮扬菜那精美的摆件造型直让饕客们不忍下筷。

扬州文化和其他地方的文化一样，它们不是博物馆里陈列的古董物件，而是夜行途中照亮前程的灯盏烛光。在时代强劲的风潮当中，这些灯烛有时风华正茂，有时暗淡微弱，有时甚至会被湮灭在历史的烟尘里。但扬州，这座有着 2500 年建城史的城市，穿越漫长的时光隧道，走过沧海桑田，走到今天，并正以让人印象深刻的历史底蕴，在新时代散发着夺目的光华。

桑葚熟了

驻地大院后面有一个果园，每年三月份就进入了桑葚成熟的季节。一株株生机勃勃的桑树，紫红色的果实在绿叶中若隐若现，真是令人垂涎欲滴。已经成熟了的桑葚，轻轻一掐即从树上掉入手中。挑一条塞入嘴里，满口都是春天的味道。

这外形像极了毛毛虫的桑葚据说是台湾品种，来自附近平沙的台农创业园。不同于一般的品种，这种台湾桑葚能长到十来厘米那么长。成熟后的桑葚果香四溢、甜酸爽口，有健胃消食、生津润燥的功效。这十来株桑葚堪称高产，挂果期几乎持续整个三月。驻岛期间，大家都喜欢在晚饭后围着它们边品尝边聊天，顿时就多了许多乐趣。

然而几年前，这片茂盛的果园还是一片乱石四散、贫瘠荒凉的土地。

那场让人心有余悸的台风过后，大院已是一片狼藉。在重建家园的过程中，大家在商量后决定，顺便把这块长期闲置的荒地好好平整一下，看能否种上一些果树，既可以满足绿化的需要，说不定还能让大伙儿在今后吃上应季水果呢!

说来也怪,好几种果树在移植到这里后都显得"水土不服",不是种着种着慢慢蔫了,就是只开花不结果。一次偶然的机会,一位朋友推荐说,可以考虑试下这种台湾桑葚。

翌年春天,已种下约半年的桑树那光秃秃的枝条上,长出了嫩绿的叶子,叶子沿着叶脉稀疏地长着一层细细的绒毛,用手指轻轻拂去,能明显感觉到绒毛从指尖滑过的惬意。那年的桑树果然没有让大家失望,星星点点的桑葚先由青变红,再由红变紫,紫艳艳、亮晶晶地藏在浓郁苍翠的桑叶下边,探头探脑地诱惑着人们。迫不及待地摘下一两条放进嘴里,轻轻一咬,一股清凉甘甜的汁水就在唇齿间流淌。尽管那时的果实产量不高,但大家已是乐在其中。

桑树一年年茁壮成长,枝权纵横,树姿壮健,犹如一把把结实的大伞,其果实也一年比一年丰硕。桑葚成熟后红中带紫、鲜艳欲滴的样子,像一串串圆润的紫玛瑙,又像极了少女羞红的脸庞,透着亮丽、甜美的气质,很是吸引人的眼球。

桑树是一种古老的树种,大约在五千年前就在中原大地上繁衍生息了。桑树对环境适应性极强,可长在盐碱之地,也可忍受寒冬酷暑,大江南北,到处都能见到它的身影。桑树古老而常青,除了具有坚韧的生命力,自然是得益于它的被需要。据说早在殷商时期的甲骨文就有对桑树的记载,现存最古老的方书《五十二病方》里也有关于它药用价值的记录。

桑树的被需要,当然不仅仅是药用方面,从古今文献中我们可以看出，它早已成为人类物质和精神生活不可或缺的一部分。

比如有个大家耳熟能详的成语，叫沧海桑田。为什么是桑田？因为在海水退去之后，人们就可以在上面开垦土地种桑了。这样的描述，生动展现了劳动人民发挥主观能动性、与大自然和谐共处的画面。

乐府诗《陌上桑》中有关于采桑女罗敷的美句："秦氏有好女，自名为罗敷。罗敷喜蚕桑，采桑城南隅。"李白在《子夜吴歌·春歌》中也赞扬罗敷："秦地罗敷女，采桑绿水边。素手青条上，红妆白日鲜。蚕饥妾欲去，五马莫留连。"这位被传颂千载的女子那犹如桑叶初萌的清纯形象跃然纸上。

"恰是春风三月时，芳容依旧恋琼枝。情怀已酿深深紫，未品酸甜尽可知。"这样的季节里，我站在高栏岛这片硕果累累的桑树下，不禁思绪万千……

2023 年 3 月 25 日

后　记

这本书写了很多的人和事，看似纷纷扰扰，实则是近些年我的一些真实经历和真切感受，大多曾公开发表过。它们能够以文字的方式保存下来，得益于这个伟大的时代，以及这个时代所赋予我的不凡的生活状态。

就像我现在重读几年前写下的《在放牛的日子里》，心里还是不免感慨万千。我突然发现，自己今时今日的许多际遇，其实或多或少都可以从那放牛的日子里找到影子。十八岁以前在故乡的种种经历，后来无数次出现在我的记忆当中，很多过往的人和事都成了作品中的主角。感谢那段难忘的岁月，它们确实给予了我继续前行的勇气和热诚生活的力量。

而当读到《珠海四时寻芳》时，我讶异于自己竟然还有如此充满感情、细致入微的描写，这座我生活了二十余年的美丽的海滨小城，不仅是我家园之所在，也时时激发着我写作的欲望，让我在紧张的工作之余，找到了一种属于自己的抒情方式。

散文是我喜欢的文学体裁。当代的作家当中，我尤其钟爱余华、史铁生的散文和随笔,他们独树一帜的语言风格每每让我读起来欲罢不能。不管社会、时代如何变迁,我想散文一定是不朽的。散文写作可以让我们毫无遮蔽地呈现心中所感、记录自己生命中的故事。一些曾经因为赶路而忽略了的感动与爱,都会随着笔触一点点真实地浮现。这些信马由缰、恣意挥洒的文字,在我看来有着比诗歌、小说更加得天独厚的叙述优势。长袍马褂固然不错,但散文一身短打的这种展示,却是在这个节奏越来越快的时代我所青睐的。

就如同我每天在往返高栏港的班车上,那漫长的过程总会让人百无聊赖。很多情况下,我会掏出手机打开备忘录的记事本,断断续续地敲打出一些文字,这些想法像划天空而过的流星般转瞬即逝,但我却幸运地把它们捕捉住了,比如《一路向西》《点点灯火》等等。我有时把我的这些经历与朋友分享,他们或觉得不可思议,或予以欣赏点赞。而对我来说,这就是目前适合自己的一种生活方式。

不惑之年过后,我越来越感受到时光飞逝的速度。对于我这种喜欢长跑的人,时间的概念尤为明晰,我无法容忍自己在奔跑的途中去慢吞吞地干着一些与目标无关的事,因此总想着能抓住些什么、留下些什么。而当我渐渐明白以自己力之所及也无法以鸿篇巨制描摹出大漠孤烟、英雄好汉、边塞长歌等景象时,我决定还是沉下心来好好打磨一下自己的字句,以期在将来能更好地进行想象和记录。这样的想法与实践无疑将填充着我未来的旅途。

我的文字能够再次结集出版，首先要感谢我的父母和妻儿，他们无私的爱让我始终心怀悲悯和感恩，并时时涌动创作的灵感；还要感谢珠海边检总站这些年来关心和帮助过我的领导与同事，拱北、湾仔、总站机关、茂盛围、高栏……这一路的风霜雨雪，能读到这本书的朋友，你们一定会懂；感谢珠海市作家协会卢卫平、曾维浩、耿立、钟建平、杨长征等老师的指导和帮助，从他们身上我学到了更多为人为文的道理和方法；最后要特别感谢《珠海特区报》湾韵副刊主编刘鹏凯老师为本书作序，他打趣说自己已多年没干过这种事了，我理解为这是我莫大的荣幸，从他优美的文字当中我感受到了嘉许和期望。

林小兵

2023 年 5 月 27 日